Einau

Dello stesso autore nel catalogo Einaudi

Fiori alla memoria
Ombre sotto i portici
Le piste dell'attentato
Sui colli all'alba
Cos'è accaduto alla signora perbene

Loriano Macchiavelli
Passato, presente e chissà

Einaudi

© 2007 Giulio Einaudi editore s.p.a., Torino
www.einaudi.it

ISBN 978-88-06-17797-3

L'autore ai lettori

La prima edizione di *Passato, presente e chissà* è del febbraio 1978, Garzanti. Sono passati quasi trent'anni, ventinove, e ritengo necessario dare al lettore alcune informazioni su come eravamo. Qualcuno non c'era e non può sapere. Io c'ero e so.

Troverete una Bologna nella quale i mezzi pubblici erano gratuiti. Ultimi effetti del '68. Troverete nomi di personaggi allora tristemente famosi e che oggi nessuno sa piú chi siano anche se di guai e danni ne hanno fatti e come; troverete il movimento femminista in piazza a protestare; troverete che, se pure siamo nel 1978, ci sono dei cellulari: servivano per il trasporto dei detenuti, non per comunicare. Il significato delle parole cambia.

Troverete l'*ottoecinquanta* Fiat, che Sarti Antonio avrebbe ancora se non gliel'avessero bruciata proprio in questo romanzo. Troverete che si poteva andare in vacanza al mare o ai monti per diecimila lire al giorno. Cinque euro di oggi!

Troverete un quartiere di Bologna, il Pilastro, che era uno dei luoghi piú malfamati della città. Non per colpa di chi l'abitava, ma per colpa di chi l'aveva trasformato in ghetto. Se passate da queste parti, andate a dare un'occhiata al Pilastro di oggi e vedrete la differenza. Allora era disperso nei campi della periferia, quasi un paese costruito per dare un tetto agli extracomunitari di allora: la gente del Sud. Quello che leggerete qui è il ricordo di quel Pilastro, una sua foto.

Ci sono alcune frasi nel romanzo che, lette oggi, fanno pensare. Dice Felice Cantoni a Sarti Antonio, riferendosi al Pilastro: «Quella gente [...] se potesse, ci ucciderebbe [...] perché siamo questurini». Al Pilastro hanno poi effettivamente ammazzato. Tre carabinieri. Solo che a sparare sono stati dei poliziotti e la gente del Pilastro non c'entrava per nulla. Una delle tante stragi della Uno bianca.

La Tv, per non correre rischi e per mantenere la sua nota imparzialità, trasformò il Pilastro in un quartiere inesistente di una città inesistente. La Tv, ecco: la copertina della prima edizione di questo romanzo aveva un fotogramma preso dallo sceneggiato televisivo tratto dal romanzo. Una fascetta avvertiva: «Da questo romanzo è stato tratto liberamente lo sceneggiato televisivo *Sarti Antonio brigadiere*». Cosa c'entra il *brigadiere* televisivo con il *sergente* dei miei romanzi? Faccio notare che il *liberamente* che appare nella fascetta, l'ho voluto io dopo aver visto le quattro puntate. Non volevo essere confuso con i televisionari. A ognuno le proprie responsabilità e i propri meriti. Se ce ne sono.

Il che mi porta a fare alcune considerazioni. Intanto è il mio primo romanzo che diventa televisione: quattro puntate per Rai Due. Dopo sono seguiti altri film per la Tv. In tutto, credo, piú di venti. Scopro che Sarti Antonio, sergente, partecipa a gare di corsa su pattini a rotelle. Imparo che la televisione è meglio perderla che trovarla. Che chi fa fiction televisiva è troppo attaccato alla realtà e all'autocensura e io non potrei assolutamente mettermici. Infatti non mi ci metto.

Per gli amanti delle curiosità, il primo Sarti Antonio era Flavio Bonacci. Poi è venuto Gianni Cavina. Rosas era Massimo Dapporto, credo alla sua prima esperienza televisiva importante. Poi c'è stato Tino Schirinzi. Felice Cantoni era Armando Marra. Poi ci fu Calaciura, cambiato, chissà perché, da Cantoni in Iaccarino. Non andava bene Cantoni? Sono i misteri della Tv.

22 novembre 2006

Passato, presente e chissà

1. La Storia è maestra di vita

Un tale, un console romano, pensò di lasciare una traccia del proprio passaggio da queste nostre parti. Chiamò il Leonardo da Vinci del tempo e gli disse:
– Senti un po', caro, te la senti di costruirmi un bell'acquedotto?
– Quanto si prende?
– Ci si mette sempre d'accordo. Voglio che l'acqua arrivi proprio nel centro del foro.
– Quale foro?
– Del foro inteso come centro, piazza...
– Niente di piú facile.
– Bene, allora si cominci immediatamente e si tenga presente che dovrò essere io a dare il primo colpo di piccone.
– E quanto si prende?
– Ci si mette sempre d'accordo.
Il Leonardo ci si mise e progettò un acquedotto completamente interrato che spuntava proprio nel centro del foro inteso come piazza.
Una bella galleria che permetteva comodamente il passaggio degli schiavi addetti alla manutenzione e ai *miles* preposti alla sorveglianza.
Cosí va il mondo e il progresso avanza.
E cosí una storia tanto lontana finisce sotto gli occhi di Sarti Antonio, sergente, assieme a tre prezio-

sissime monete sparite da Palazzo Re Enzo, non si sa come.

Un'altra conferma che la Storia è maestra di vita.
Se ce ne fosse stato bisogno...

2. La mostra numismatica piú famosa del mondo

Sull'auto ventotto Sarti Antonio, sergente, ha ormai fatto radici. Vi siede alle otto e trenta e ne scende alle dodici e trenta. Risale alle sedici e ne riscende alle venti. Quando va bene e ha il turno diurno e quando non succedono guai. E per sua buona fortuna, di guai ne succedono pochi in questa città seria e tranquilla se confrontata alle altre dei dintorni.

Cosí Sarti Antonio ha tempo di leggere il giornale, discutere di cose di scarsa importanza e di bestemmiare quando è il caso con Felice Cantoni, agente, al volante. Ha tempo di fare tutto tranne accorgersi di me e pensare. Il primo problema non è un problema; il secondo: ha tante cose cui pensare che non sa mai da quale cominciare. Non comincia neppure.

Si vive e si viaggia per far venire l'ora di un buon caffè in qualche bar particolarmente selezionato da Sarti Antonio dopo un concorso privato e dove un caffè è un caffè come Dio comanda e non acqua calda e nera.

Uno, il primo, verso le nove da *Filicori e Zecchini*. E su questo non si discute. Alle undici e mezzo in un bar dove Sarti ha dovuto lottare una settimana per far capire al gestore che il caffè è un dono di Dio e che come tale va rispettato. Nel pomeriggio, a scelta, ma se il caffè non è come si deve, Sarti Antonio lo dice chiaramente, senza peli sulla lingua, e non mette piú piede nel locale.

In città ormai lo conoscono e alcuni baristi, quando lo vedono entrare, ricordano improvvisamente di aver da sbrigare faccende nel retro e lasciano nei guai il ragazzino contro il quale Sarti Antonio non se la sente di infierire. Si limita a dire:

– Chi si dedica al caffè, dovrebbe prima frequentare un corso di specializzazione, – e se ne va senza lasciare mance. Mai lasciato mancia per un caffè. E mi pare abbia ragione.

Oggi si direbbe uno di quei giorni nati male e nei quali niente va per il verso; cosí, quando dalla radio arriva la voce della Centrale: – Auto ventotto, auto ventotto da Centrale, – Sarti Antonio sa già che non ne verrà niente di buono.

– Qui auto ventotto. Siamo in ascolto.
– Auto ventotto immediatamente in Centrale.
– Arriviamo –. Chiude e continua fra sé: – E ti pareva?

Felice Cantoni lo guarda un istante e poi chiede:
– Che si fa?
– Che si fa? Andiamo in Centrale: non hai sentito?

L'auto ventotto cambia direzione lasciando sull'asfalto un po' di gomme.

– Piano, piano! Che fretta c'è?
– Hanno detto «immediatamente»...
– E noi stiamo andando «immediatamente», ma si può andare «immediatamente» anche viaggiando piú piano, non ti pare?

Raimondi Cesare, ispettore capo, aspetta nel suo ufficio e sorride a quattro denti. Cioè: cerca di sorridere, perché lo fa tanto raramente che il suo viso lo ha dimenticato e i muscoli, non abituati a quel tipo di lavoro, trasformano il sorriso in una smorfia. In pratica, per intenderci, si limita a sollevare il labbro superiore in modo da scoprire per un istante alcuni denti. Quattro.

– Bene, bene. Proprio di te avevo bisogno, caro Sarti –. Precisazione inutile dal momento che l'ha mandato a chiamare.

Sarti gli risponde: – Eccomi. Dica.

– Saprai, è vero come si dice, che fra alcuni giorni si aprirà la mostra numismatica che si tiene ogni anno, è vero come si dice, a Palazzo Re Enzo. Quest'anno pare sarà un'edizione particolarmente importante. Infatti, è vero come si dice, saranno presenti espositori provenienti da tutto il mondo.

Smette di parlare per cercare fra le carte sparse sul tavolo.

– Dov'è andata a finire? Ecco qua –. Porge a Sarti una rivista e continua nel suo monologo: – Leggi con cura perché troverai notizie molto importanti in merito alle monete.

Sarti non ha ancora capito dove Raimondi Cesare voglia andare a concludere, ma è certo che non sarà una cosa piacevole. Già il fatto di dover leggere una rivista di numismatica è poco entusiasmante.

– Quest'anno, è vero come si dice, a Palazzo Re Enzo saranno custoditi valori piuttosto ingenti e sarà quindi necessario predisporre tutte le misure del caso. Io credo che tu, con la tua esperienza e con il tuo intuito, è vero come si dice, potresti assicurare un regolare svolgimento alla manifestazione.

Sarti Antonio non si rende conto se quello parla seriamente o se lo sta prendendo per i fondelli. Per ora non interviene e lo lascia continuare.

– Se non sbaglio, è vero come si dice, anche l'anno scorso hai collaborato. Ma questa volta dovrai fare particolare attenzione, caro Sarti. Leggi, leggi pure con comodo.

Sarti Antonio non legge proprio niente e dice: – Io dovrei... Il mio compito attuale è quello di pattuglia.

– Bene: te ne sollevo io. Sarai contento, è vero come si dice, di scendere da quella maledetta auto ventotto. Io so, è vero come si dice, cosa significa stare tutto il giorno seduti su un'automobile. Io vengo dalla gavetta, caro Sarti. E poi, pare che la situazione sia tranquilla, come lo è sempre in estate. Una macchina in meno per le strade non significa molto. Non se ne accorgerà nessuno. Insomma, è vero come si dice, vedi tu: hai carta bianca. Predisponi i turni di servizio, controlla gli accessi, usa i criteri e gli accorgimenti che riterrai opportuni.

Rimette il capo fra le carte e questo significa che non ha piú niente da dire. E niente da ascoltare, soprattutto.

Sarti Antonio, sergente, se ne va e io lo seguo. È ormai abituato a questa sua vita di ordini e contrordini che ha perduto perfino il desiderio di protestare.

– E poi un lavoro vale l'altro, – dice a voce bassa, fra sé; e mi guarda come se aspettasse da me la conferma a questo suo postulato. Saprei cosa rispondergli, ma preferisco stringermi nelle spalle anche se capisco di non essergli molto di aiuto in questo momento. D'altra parte se gli spiegassi il mio punto di vista sul suo tipo di lavoro, e sul lavoro in particolare, non contribuirei a sollevargli gran che il morale: meglio lasciarlo nella sua ipotesi che un lavoro valga l'altro.

Felice Cantoni lo sta aspettando in auto e chiede:

– Novità?

– Sí: se Dio vuole toglieremo per un po' le chiappe da questa macchina.

– Come sarebbe? – Il tono di Felice Cantoni è preoccupato: lasciare l'auto ventotto diventa un dramma per lui. Ci passerebbe tutta la vita seduto là dentro.

– Sarebbe che adesso porti la macchina in autorimessa e ci facciamo due passi a piedi.

– Subito? – Ha gli occhi sbarrati.
– Subito.
– Ma... ma se poi l'affidano a un altro equipaggio? Quest'auto non è... Voglio dire: non sarebbe il caso...
– Non è il caso! Fa' come ti dico e smettila di preoccuparti per l'auto ventotto. Non è tua moglie e non le devi fedeltà perenne. Ti aspetto qui.

Felice Cantoni porta l'auto ventotto, lentamente, verso l'autorimessa sotto il palazzo della Questura. Tarda piú del previsto a tornare perché immagino avrà dovuto raccomandarsi al custode per la permanenza della ventotto in deposito.

Sarti Antonio lo prende sottobraccio e gli dice: – Ti offro un caffè.

Sa benissimo che Felice Cantoni lo accompagnerà al bar ma non prenderà niente di niente: la sua ulcera non gli permette neppure un sorso di caffè. Ma questa volta Felice Cantoni entra e ordina: – Un caffè. Alto e corretto, per favore.

Deve essere il dolore. A Palazzo Re Enzo i lavori di allestimento della mostra numismatica sono quasi ultimati e c'è, attorno, un gran casino. Da perderci la testa. Sarti Antonio cerca un dirigente, uno qualunque, e glielo indicano sepolto sotto una catasta di carte, assicelle per bacheche e materiale vario. È un tipo magro, quasi scavato, senza un pelo in testa, nervoso, almeno a giudicare da come si muove. Assomiglia a uno di quei tipi che soffrono molto a rimanere immobili cinque secondi di seguito. Si presenta: – Sarti Antonio.

Al solito tralascia il «sergente» perché quella parola gli ha sempre dato fastidio. Il tipo lo guarda una frazione di secondo e riprende il suo agitarsi sotto le carte e le assicelle; il suo interesse per Sarti Antonio non è eccessivo. Borbotta: – Piacere. Cosa posso fare per lei? Sono molto occupato...

– Anch'io. Sono della Questura.

Allora le cose cambiano. Dice: – Oh, benissimo. Benissimo! Ho appena parlato con l'ispettore capo e siete già arrivati. Oh, benissimo. Complimenti –. Si ferma il tempo necessario per stringere la mano di Sarti e per guardare in faccia l'accompagnatore di questi. Poi riprende: – Oh, benissimo. Mi chiamo Corticelli Clodo e sono il responsabile della mostra. Adesso l'accompagnerò in giro e le parlerò delle mie preoccupazioni –. Esce completamente dalle carte e si avvia, sempre parlando e gesticolando: – Tutto, tutto quanto esporremo sarà di inestimabile valore numismatico. Tutto. Quest'anno avremo un particolare onore e onere. Ospiteremo tre rarissime monete che saranno l'orgoglio della rassegna. Oh, benissimo. Suppongo che lei sappia di cosa si tratta –. Indica la rivista che Sarti tiene ancora in mano. – Vedo che si è aggiornato. Oh, benissimo. Mi limiterò a ricordarle che quelle tre monete non hanno prezzo, che vengono esposte in pubblico per la prima volta e che non vogliamo correre alcun pericolo –. Si ferma un attimo davanti a una vetrinetta già ultimata e la indica. – Ecco: le tre monete verranno sistemate in questa vetrina.

Sarti Antonio fa di tutto per inserirsi nel lungo monologo del Clodo Corticelli: – Senta un po': quando dovrebbero arrivare le tre rarità?

– Oh, benissimo. Aspettavo questa sua domanda. Naturalmente saranno le ultime e arriveranno soltanto domani mattina all'inaugurazione. Le chiedo di non perderle d'occhio un solo istante da quel momento e fino a che non se ne andranno di qui. La mia responsabilità, il mio onore eccetera. Comunque mi fido, mi fido di lei. A proposito, le dispiace mostrarmi la sua tessera di riconoscimento?

È un'operazione che Sarti Antonio compie molto

raramente, sempre controvoglia e solo quando non può farne a meno. Come questa volta. Mostra la tessera e il Clodo ricomincia a parlare.

– Oh, benissimo. Sergente. Sergente Sarti Antonio. E quello? Quello suppongo sia il suo collaboratore diretto –. E aveva parlato di fiducia!

– Agente Felice Cantoni. Vuol vedere anche la sua tessera?

– Non importa. Mi fido, mi fido perfettamente –. Appunto, come si diceva.

Di me, al solito, non si occupa nessuno. Il mio anonimato è totale, tanto che, a volte, penso farei bene a cambiare mestiere. Per esempio potrei diventare un buon anonimo agente del controspionaggio. Ci penserò su e intanto seguo il gruppo in giro per la vastissima Sala dei Trecento...

Sarti Antonio controlla tutte le aperture, tutto ciò che riesce a controllare mentre il Clodo continua il suo nervosissimo dialogare: – Oh, benissimo. Direi che questo è quanto. Sono convinto che lei farà il possibile per non avere brutte sorprese. Di quanti agenti dispone? – Non gli lascia il tempo di rispondere: – Oh, benissimo. Comunque, fate voi, fate voi della Questura. Quello che farete sarà ben fatto. Mi fido, mi fido di lei e dei suoi collaboratori.

Sarti Antonio riesce ad arginare per un istante il mare di parole e a esprimere un suo personale punto di vista. Dice: – Io sono convinto che non succederà niente. Gli ingressi sono due e una volta sorvegliati quelli, non possiamo avere brutte sorprese. Dalle finestre non si entra. Se di qui non è riuscito a scappare il buon Re Enzo, non vedo come possano entrare e uscire i ladri di oggi.

Evidentemente il Clodo non deve essere al corrente della storia di Re Enzo prigioniero in quell'edificio perché chiede: – Prego?

– Dicevo che...
– Fa niente. Mi fido, mi fido di lei. Adesso la lascio e se ha bisogno di qualcosa, mi cerchi, mi cerchi pure.

Stringe la mano a tutti. Compreso un carpentiere che passa di là, e torna a seppellirsi sotto le sue carte, al centro della Sala dei Trecento.

Sarti Antonio lo guarda allontanarsi e scuote il capo; poi si rivolge a Felice Cantoni: – Che ne dici?
– In che senso?
– Ce la facciamo a proteggere quelle tre rarità?
– Quali rarità?
– Buonanotte –. Felice Cantoni alza le spalle. Sarti Antonio continua per se stesso: – Voglio vedere come possono fare: una pattuglia davanti a ogni ingresso per tutto il periodo della mostra. È piú che sufficiente.

È convinto ma dà un'ultima occhiata in giro, nel caso gli fosse sfuggito qualcosa. Entra ed esce da tutte le porte che incontra, portoncini, sottoscala, sgabuzzini e ripostigli. Alla fine, contento, se ne va.

Sulla scalinata che conduce al cortile interno, ornato da un bel pozzo rinascimentale e da una vasca con pesci rossi nella quale, nei bei tempi andati, giungevano le chiare, fresche e dolci acque dei colli, si ferma, colpito da un ansioso problema. Rientra, torna alla catasta di legnetti e di carta e scopre il Corticelli Clodo.

– Scusi una domanda.
– Oh, benissimo. È lei, sergente? Dica, dica pure. Ha visto tutto? Ha controllato tutto? Si è reso conto di...

E chissà per quanto andrebbe ancora avanti se Sarti Antonio non lo interrompesse.

– Se quelle tre monete non hanno prezzo, a chi potrebbero interessare? Voglio dire: cosa se ne farebbe un eventuale ladro se non sono vendibili?

– Caro lei, non si può mai sapere. Un furto su commissione, per esempio...
– È possibile?
– Tutto è possibile! Oppure per un riscatto. Con i tempi che corrono.
– Stia tranquillo, signor Corticelli Clodo. Sono certo che non succederà niente.
– Oh, benissimo. Me lo auguro, me lo auguro proprio.

Si tuffa nelle sue carte che lo ricoprono esattamente come quando Sarti Antonio l'ha trovato. Adesso la Sala dei Trecento ha assunto un aspetto quasi definitivo. Infatti, i faretti per l'illuminazione delle vetrinette si accendono contemporaneamente, il pavimento è già sgombero e, a parte il cumulo di rifiuti dove è sepolto il Corticelli Clodo, regna una assoluta perfezione. Un colpo d'occhio suggestivo fra velluti rossi, tappeti preziosi e banconi d'antiquariato che riceveranno, domani stesso, le contrattazioni di numismatici e gli sguardi ammirati dei visitatori.

Per quanto mi riguarda è una storia già chiusa e dello stesso parere è Felice Cantoni che, mentre scendiamo la gradinata in arenaria che termina nel cortiletto, ripete borbottando fra sé: «Voglio vedere come possono entrare».

E invece possono. Possono eccome!

Il giorno dell'inaugurazione Sarti Antonio si preoccupa di scortare personalmente il prezioso, piccolo cofanetto contenente le tre preziose, piccole monetine, dalla macchina fino alla vetrinetta della Sala dei Trecento. Personalmente si accerta che gli sportelli siano chiusi con la chiave speciale e, infine, si attarda nell'esame delle tre monete dolcemente posate sul raso azzurro del cofanetto, mollemente adagiato sul velluto rosso della vetrinetta e via dicendo.

Gli si rafforza l'opinione che la cosa piú preziosa sia proprio quello splendido, piccolo cofanetto. Ma non lo dice a nessuno per non fare la figura del questurino scemo. Sarebbe come esaminare un quadro in casa del pittore e ammirare la bella cornice.

Poi arrivano le autorità per il solito nastro e Sarti Antonio ascolta, con il volto di circostanza, i discorsi di questo e di quello. Osserva, con scarso entusiasmo, le molte monete pregiate; partecipa, senza emozione, al rinfresco dove manca un buon caffè. Alle dieci di sera sorveglia, con attenzione, la chiusura della Sala e dei due portoncini che dànno l'uno su piazza Maggiore e l'altro su piazza Re Enzo, al lato opposto dell'omonimo palazzo.

Le due vetture della Polizia sono già sul posto e Sarti Antonio, sergente, passa a lasciare le sue ultime volontà ai colleghi.

– Alle quattro vi daremo il cambio io e Felice Cantoni. Occhi aperti, mi raccomando.

– Cosa vuoi che possa succedere?

– Niente, spero. Ma occhi aperti ugualmente.

In piazza Re Enzo parla all'altra pattuglia: – Alle quattro verranno a darvi il cambio. Dall'altra entrata ci sarò io. Occhi aperti, mi raccomando.

– Per quante notti ne avremo?

– Per una settimana.

– Che bella prospettiva.

La notte passa senza un sussulto e alle nove di mattina, puntuale come il fato, arriva il Corticelli Clodo per l'apertura dei due portoni.

Sarti Antonio, sergente, scende dall'autovettura, lo accompagna e appena arriva davanti alla porta della Sala dei Trecento, gli prende un colpo. Una stretta allo stomaco lo avverte di un prossimo attacco di colite e l'urlo isterico del Clodo, già entrato nella Sala, gli dà la conferma dei sospetti.

D'altra parte non c'era bisogno di conferma: quando una porta è stata forzata significa che di là sono passati dei ladri, e quando sono passati dei ladri significa che qualcosa è stato rubato. Nel caso specifico, le tre preziose, inestimabili, rarissime monete antiche.

La vetrinetta che le conteneva è spalancata, il velluto rosso piange e non mostra piú orgogliosamente il suo prezioso, piccolo cofanetto contenente le tre piccole, preziose monete.

Disteso sul pavimento alla veneziana di pregevole fattura, Corticelli Clodo si lamenta e si passa nervosamente le mani sul cranio pelato nella speranza di sentire fra le dita lo spessore di un capello da strappare.

Raimondi Cesare, ispettore capo, arriva come un fulmine, a bordo di una vettura della Polizia, sale di corsa i ripidi gradini in arenaria e si ferma davanti a Sarti Antonio, sergente. Non ha abbastanza fiato per sbattergli in faccia il suo disprezzo: le scale lo hanno stroncato. Ma i suoi occhi parlano e dalle sue labbra, socchiuse nel tentativo di catturare un filo d'aria, escono dei borbottii che diventano un grido: – Fuori! Fuori tutti! Allontanate i visitatori!

Sarti Antonio si accinge a eseguire ma viene fermato da un'altra serie di urla: – No! Tu no! Tu vieni con me! – Se lo trascina fino alla vetrinetta desolatamente vuota e lo guarda in faccia: – Allora, cosa devi dirmi?

Sarti Antonio non ha molto da dire; il suo piú imperioso desiderio è quello di andarsene. La colite sta rivoluzionandogli l'organismo e una panoramica di dolori, tutti diversi, gli attanaglia il ventre. Riesce a sussurrare: – Posso solamente dire che qui non è entrato nessuno...

– Questo è matto! Non è entrato nessuno, dice! E le monete? Se ne sono andate da sole?

Raimondi Cesare cerca di dominarsi ma il suo viso infiammato denuncia chiaramente uno stato d'animo che, benignamente, si può definire eccitato.

Sarti non riesce proprio a continuare e lo capisco da come si comporta. Dice: – Scusi un attimo –. Si allontana e io so benissimo dov'è diretto. Lo lascio andare solo, tanto non può scapparmi. Si avvicina al disperatissimo Clodo e gli parla sottovoce. Costui non lo lascia finire.

– Oh, benissimo. Qui le spariscono di sotto il naso tre preziosissime monete e lei cerca un gabinetto! Oh, benissimo. In che mani mi sono messo. In che mani...

Raimondi Cesare cammina lungo la splendida Sala dei Trecento come una belva in gabbia. Sono convinto che se potesse farlo, se il regolamento glielo consentisse, se fosse permesso dalla legge, ucciderebbe Sarti Antonio. O almeno lo picchierebbe.

Sarti Antonio ritorna, piú disteso e disposto ad ascoltare gli insulti che gli pendono sul capo. Non so per quanto. Raimondi Cesare adesso lo apostrofa con il «lei». È grave.

– Sta meglio, sergente? È a suo agio? È disposto a cominciare? Allora mi spieghi, è vero come si dice, cos'è successo qui dentro dal momento che ho avuto la malaugurata idea di mandarla da queste parti! Come sono sparite quelle fottutissime monete!

Lentamente e sottovoce per non attirare troppo l'attenzione dei circostanti che, fra l'altro, Raimondi Cesare ha già abbondantemente attirato, Sarti Antonio cerca una spiegazione. Piú per se stesso che per il suo capo.

– Non ne ho idea. Ieri sera, prima della chiusura, ho esaminato personalmente ogni angolo, ogni ripostiglio. Ho assistito alla chiusura... Non capisco come siano potuti entrare e uscire senza che ce ne accorgessimo. Ci sono solamente due porte per uscire da Palazzo Re Enzo: entrambe erano sorvegliate dalle pattuglie. Io stesso ho fatto il turno...

– Lei! Cosa vuol aver fatto, lei! Le monete sono sparite! Le avevo dato carta bianca, le avevo detto di utilizzare tutti gli uomini che riteneva necessari e lei ne ha messi quattro! Quattro uomini soltanto!

– Mi parevano piú che sufficienti.

– E si vede. E aveva ragione. È colpa mia, è vero come si dice, che mi sono fidato di lei...

Non riesce piú a continuare. Cerca di calmarsi e va a sedere in una poltroncina proprio di fronte alla vetrinetta.

– Vediamo di non sragionare. Vediamo, è vero come si dice, se riusciamo a rimediare in qualche modo.

Si passa le mani sul viso quasi temesse di stare sognando. Scuote il capo, si rilassa e comincia l'esplorazione della Sala. Il Clodo segue il gruppo senza parlare. Assomiglia a una macchinetta scarica; della sua tensione, della sua loquacità, non resta piú niente. È un uomo finito.

Mentre la Scientifica fa il suo mestiere attorno alla vetrinetta, Raimondi Cesare completa l'esplorazione. Alla fine si guarda attorno, desolato, scuote il capo e conclude: – Non c'è altra spiegazione. Vi sono passati sotto il naso, è vero come si dice, e non ve ne siete accorti. Qualcuno ha dormito tutta la notte. Non possono essere entrati e usciti che da una delle due porte sorvegliate. E nessuno li ha visti! Inconcepibile!

So benissimo qual è la sua massima preoccupazione; cosa raccontare ai giornalisti che aspettano il suo arrivo nel cortiletto interno, a pianoterra.

Raimondi Cesare non ha altro da vedere. In silenzio scende i gradini che aveva salito con tanta voracità. È anche lui, come il Clodo, un uomo finito.

Lo segue Sarti Antonio, sergente, in preda a dolorose fitte colitiche, eppure conscio di non poter abbandonare un'altra volta il suo posto per tornare al cesso.

Nessuno dei giornalisti presenti ha da chiedere. Aspettano che Raimondi Cesare, ispettore capo, parli. E parla.

– Non so cosa dirvi. Avevamo predisposto un efficiente servizio di vigilanza e controllo, avevamo adottato tutte le precauzioni... Non so cosa dirvi. Vi prometto, è vero come si dice, che farò tutto il possibile per riparare agli errori di qualche mio collaboratore –. E guarda Sarti Antonio dritto negli occhi. – Sto analizzando ogni indizio...

Gianni «lucciola» Deoni lo interrompe: – Può darsi che siano entrati utilizzando il cunicolo dell'antico acquedotto romano che arriva proprio in questo cortile?

Raimondi Cesare, ispettore capo, si domina come può e con molta difficoltà. Prima di rispondere si rivolge a Sarti Antonio e gli soffia sul viso: – Possiamo rispondere di sí, sergente Sarti Antonio? Possiamo?

Sarti non risponde. Va verso la grata che sta a fianco dell'antico pozzo rinascimentale e che Gianni «lucciola» Deoni sta ancora indicando, e la osserva. Chiaramente la grata è stata rimossa di recente. Quella notte stessa.

Sarti Antonio, sergente, si allontana dal gruppo di giornalisti che sta fotografando la maledetta grata. Si trascina dietro Gianni «lucciola» Deoni.

Appena è certo che nessuno lo può intendere, afferra «lucciola» per la camicia bianca e gli grida in faccia: – Non potevi dirmelo ieri? Non potevi avvertirmi di quell'acquedotto? Cristo! Non potevi?

Lascia andare il giornalista perché un dolore piú acuto degli altri gli ha morso le budella. Gianni «lucciola» Deoni si stira con le mani la camicia bianca di bucato e dice, sottovoce: – Che ne sapevo io... Lo sanno tutti che l'acquedotto romano... Perché non mi hai parlato prima di quest'affare? Io ti servo solo quando hai bisogno. Potevo aiutarti e mi avresti permesso di preparare un bel servizio sulle forze dell'ordine.

– Ma che forze dell'ordine!

Sarti Antonio è già lontano. A capo chino si avvicina a una vettura della Questura, parcheggiata di fianco al *Nettuno*.

Si abbassa fino al finestrino e dice, sottovoce, al questurino che sta al volante: – Portami a casa. Sto male... La colite...

3. Contro il potere la ragion non vale!

Di morti ammazzati, per il momento, non ce n'è neppure l'ombra. Ma come potevo giustificare il fatto che un tipo come Sarti Antonio, sergente, venisse improvvisamente adibito al servizio di pattugliamento notturno al Pilastro?

Un tipo che, bene o male, il suo dovere di questurino lo ha sempre fatto; un tipo che, volente o nolente, è sempre riuscito a far funzionare il cervello; un tipo che, da solo o con l'aiuto di Rosas, ha dipanato un paio di matasse particolarmente imbrogliate. Bene: prendere Sarti Antonio, sergente, e sbatterlo di pattuglia al Pilastro senza darne una giustificazione abbastanza accettabile, mi sembrava un torto.

Soprattutto per lui che quel tipo di trattamento, in coscienza, non lo merita. E se lo dico io che lo conosco come me stesso... Ma tant'è! Il piú delle volte la vita è crudele proprio con i suoi figli migliori.

Per la verità Sarti Antonio, sergente, dopo quello spiacevole incidente, va dal suo capo e, con tutto il rispetto dovuto al grado, chiede un paio di giorni di permesso, ma Raimondi Cesare, ispettore capo, si guarda bene dal concederglieli. Anzi, si mette a urlare, il burocrate.

– E non ti venga in mente di presentarmi un certificato medico. Qui nessuno ha piú intenzione di continuare a credere, è vero come si dice, a quella tua stupida colite di origine nervosa. Io dovrei essere tutto il santo giorno seduto sul cesso! Anzi, sai cosa ti dico? D'ora in poi rimetti il culo sull'auto ventotto e pattugli il Pilastro. Servizio notturno.

Sarti Antonio azzarda una impossibile difesa: – Lei non può...

– Io non posso? Cosa non posso e chi te lo dice che non posso?

Sta di fatto che Sarti Antonio, sergente, Felice Cantoni, agente, e il sottoscritto, nullatenente, prendono servizio a mezzanotte in punto e smontano alle sei di mattina. Al Pilastro.

Detto cosí, può sembrare niente. Ma niente non è.

Il primo a lamentarsi è proprio Felice Cantoni.

– Questo servizio notturno mi ha già rotto.

Sarti Antonio lo ascolta appena: ha sonno e fatica a tenere gli occhi aperti. L'auto ventotto percorre lentamente le strade deserte del Pilastro appena illuminate da fanali appesi a nessuna altezza. Un vento feroce scuote gli alberi e fa ballare le lampade assieme alle ombre che si allungano, spariscono e riappaiono dietro le sagome scure degli edifici, in un continuo chiaroscuro altalenante.

– Sono d'accordo: è una rottura di palle. Qui mi pare tutto tranquillo e in perfetto ordine.

Sarti rinuncia a continuare un discorso che non lo interessa; come non lo interessa il Pilastro e come non lo interessa quel servizio. Lui sa bene perché adesso si trova sull'auto ventotto e al Pilastro. Perché non conosce abbastanza la storia della sua città. Guarda fuori dal finestrino col vetro abbassato, senza un vero obiettivo, solamente perché non sa cos'altro fare. Brontola: – Dormono tutti. Buonanotte, cari.

Pian piano una pesantezza gli scende sugli occhi e per quanti sforzi faccia non riesce a rimanere sveglio.

Il lento dondolare dell'auto lo stordisce. Cerca di scuotersi. Afferra il microfono e chiede: – Siete in ascolto? Auto ventotto a Centrale...

– Centrale in ascolto.

– Siamo al Pilastro e non c'è niente da segnalare. Dobbiamo continuare?

– Cos'altro vorreste fare?

– Andare a dormire come tutte le persone perbene.

– Dove sono le persone perbene?

– Crepa.

Cala di nuovo il silenzio, appena rotto dal monotono russare del motore dell'auto al minimo.

– Ferma: ci sgranchiamo le gambe.

L'auto ventotto accosta alla siepe che divide il Pilastro dalla campagna e Sarti Antonio scende. Fa qualche passo e respira a pieni polmoni quel vento che gli arriva in faccia con forza.

– Che ore sono?

– Le due.

– Cristo, ancora quattro ore di questo tormento. Che Dio lo fulmini!

– Chi?

– So io.

– Quattro ore per questa notte. Poi verrà domani notte e dopodomani notte e dopodopodomani notte...

– E cosí sia. Non scendi?

– Sto bene qui.

– E già. Tu e l'auto ventotto andate perfettamente d'accordo.

– Mi adatto.

– Io non ci riesco.

– Eppure dovresti.

– Dovrei parecchie cose –. Torna in auto e mugola: – Vai.

Dietro l'angolo, due tipi stanno lavorando attorno

a una vettura parcheggiata vicino al marciapiede. Felice Cantoni li vede per primo e dice: – Guarda quei due.

– Accosta.

L'auto ventotto si ferma a fianco di quella parcheggiata, ma i due tipi si limitano a dare un'occhiata e continuano il loro lavoro e il loro mestiere. Che è poi quello di ladri. Infatti non vedo che altro siano due tipi che alle due di notte si dànno da fare per smontare le ruote a un'automobile parcheggiata ai bordi della strada. Sarti Antonio scende: uno dei due, quello sul marciapiede, è un ragazzino.

– Si cambiano le ruote?

Nessuno lo degna di una risposta. Sarti fa un giretto attorno all'auto e continua. – Piuttosto sfigati: forato tutte e quattro le gomme. Serve una mano?

Il piú adulto, quello che impugna la chiave per togliere i bulloni, solleva un attimo la testa e dice: – E a te che serve? Pensa ai cazzi tuoi.

– Si dà il caso che questi siano cazzi miei.

– Non dirmi che è tua –. Accenna col capo alla vettura già priva di tre ruote.

– Non lo dico.

– Allora gira, amico.

Si rimette al lavoro con perfetta coscienza professionale.

Sarti Antonio si rivolge a Felice Cantoni, ancora sull'auto ventotto e gli dice: – Chiama la Centrale.

I due alzano di scatto la testa. L'adulto, quello con la chiave, bestemmia: – Schifo! Due questurini. Adesso vanno in giro con un'automobile civile, 'sti fetenti! Via, piccolo!

Il ragazzo non aspetta altro e parte come un fulmine. Sarti Antonio riesce a fermare l'adulto. Per la camicia. Che si strappa. Il tipo cade sul marciapiede. Felice Cantoni arriva di corsa all'angolo, ma del ragazzo neppure l'ombra. Torna a dar man forte a Sarti Antonio. Il tipo si dimena e urla: – Lasciatemi andare! Schifo! Due questurini di merda! Che cazzo volete da me? Adesso si mettono a viaggiare con automobili civili per fotterci del tutto.

– Sta' buono.

Lo caricano dietro e Sarti Antonio gli si mette a fianco. Il tipo dice: – Siete nuovi. Ma chi ve lo fa fare? E perché non ci avvertono quando decidono di pattugliare il Pilastro? Schifo. Anche la macchina è nuova. Proprio a me dovevate pensare, con tutti i guai che avete in giro?

– Dov'è andato il ragazzo?

– Quale ragazzo? Io non conosco nessuno. Ero solo, solo come un cane.

– Mostrami i documenti.

– Non li ho. Ho dimenticato in casa la patente.

– Dove abiti?

– A due passi: vado e torno, va bene, capo?

– Non fare lo stronzo. Da che parte?

– Sempre diritto.

L'auto ventotto riparte e Sarti Antonio guarda in faccia il suo nuovo acquisto. Dice: – Credevo che fra voi galantuomini non vi fregaste, ma tu stavi rubando le ruote a una vettura del Pilastro. O sbaglio?

– Che Pilastro! Quell'auto viene da fuori. Chissà di chi è.

– L'hai rubata?

Il tipo non risponde. Si rivolge a Felice Cantoni e gli dice: – La prima a destra e, in fondo, ancora a destra, autista.

Girano la prima a destra e, in fondo, ancora la prima a destra. Alla fine si ritrovano a fianco della vettura dalla quale erano partiti pochi istanti prima.

Sarti Antonio si arrabbia e grida: – Vuoi prendermi per il culo? Fai il furbo?

– No. È che io abito proprio qui di fronte. Scendiamo?

Sarti Antonio lo accompagna per le scale fino al secondo piano.

– Mi aspetti qui, che torno subito –. Sarti non è nelle condizioni migliori per apprezzare certe battute di spirito. Lo accompagna dentro. È una casa lercia come un porcile. Pare che nessuno ci abbia messo piede dal giorno dell'inaugurazione.

Il tipo si scusa. – Ci vuole pazienza: mia madre è molto malata e non si alza dal letto. Ci vuole pazienza. Un uomo solo non può...

– Prendi la patente e andiamo.

– Va bene. Va bene.

Rovista in un paio di cassetti e, alla fine, trova quello che cerca. Prima di uscire si avvicina alla porta di una camera e dice, forte: – Ma', starò via qualche giorno. Vedi di farti aiutare da qualcuno. Saluto.

Da una parte indistinta di quella lercia casa, arriva un mugolio che non si capisce bene se di assenso o di disappunto.

Alla luce dell'auto ventotto, Sarti Antonio controlla la patente che il tipo gli ha messo in mano.

– Fanciulli Odino. Un bel nome.

– Le piace, capo? Fanciulli Odino detto Giraffa.

– In Centrale.

– State facendo uno sbaglio. Qui mi conoscono tutti e sanno che non ruberei mai niente.

Nessuno lo ascolta piú ma quello, Fanciulli Odino detto Giraffa, continua il suo rosario quasi fosse piacevole e aiutasse a passare il tempo.

– Quella macchina? Chissà di chi è e di dove viene. È parcheggiata là da piú di un anno e magari è pure rubata. Le gomme stavano andando in malora e ci ho pensato su un mese intero prima di decidermi. Portarmi dentro non risolve niente: non fate che procurare noie al vostro capo. E cosa sono quattro gomme? A dir molto ci avrei fatto quarantamila: capirai che colpo grosso! C'è da rischiare l'ergastolo. Siete nuovi? E si vede. Gli altri non si sarebbero neppure fermati. Pazienza: è toccata a me. Vi abituerete, vi abituerete al Pilastro. Quattro gomme... Ma chi ve lo fa fare? Quelli dell'altra notte si sarebbero limitati a recuperare l'auto e avrebbero pure ringraziato per la bella figura che gli avrei fatto fare: un'auto recuperata dopo sole due ore dal furto. Un record. Date retta a me: vi abituerete al Pilastro, vi abituerete.

E va avanti cosí fino a che non lo scaricano alla «Notturna» e fanno per tornare in auto.

– Dove andate, voi due?

Sarti risponde al piantone: – Torniamo al Pilastro.

– E la denuncia?

– Che denuncia?

– Me lo scarichi qui senza la denuncia? Comodo. Tu sei matto. Riempi il verbale, firmalo, portalo al protocollo, portalo alla firma del capo, presentalo all'accettazione, accompagna il fermato alla Scientifica per le analisi e gli accertamenti del caso e poi accompagnalo con la tua automobile alle carceri di San Giovanni in Monte.

– Cosí ci metto fino a domani sera.

– È colpa mia se tu hai arrestato un ladro?

Fanciulli Odino detto Giraffa sorride tranquillo e si rivolge a Sarti Antonio, sottovoce: – Che le avevo detto, capo? Tutti guai inutili. Mi lasci andare e non ne parliamo piú.

Sarti Antonio, sergente, non gli risponde. Lo guarda storto e comincia a riempire il verbale di denuncia, rassegnato.

Fra una pipa e l'altra, alle dieci del mattino è ancora in giro a compilare moduli, timbrare fogli, protocollare pratiche. Alle dieci e mezzo scarica il Fanciulli Odino alle carceri di San Giovanni in Monte.

Risultato: una notte massacrante. E per un povero, piccolo ladro di polli e di ruote d'auto.

Sarti Antonio si augura di non trovarsi mai costretto a mettere le mani su delinquenti qualificati: assassini, trafficanti di droga, mafiosi e simili. Ci sarebbe da impazzire!

Il servizio di pattuglia notturna al Pilastro comincia a diventare monotono. A parte Fanciulli Odino detto Giraffa e il ragazzo che l'aiutava a smontare gomme, non succede altro: si perde il sonno a sorvegliare strade che alle dieci di sera diventano deserte. Si perde il tempo, si consumano gomme e benzina.

– E raccontano che il Pilastro è una zona malfamata dove non è possibile vivere, che i delinquenti spuntano come funghi, che non c'è niente da fare. Balle.

Felice Cantoni, agente, scuote il capo poco convinto e dice: – Eppure ne succedono di tutti i colori. Ho letto che l'altra notte hanno dato alle fiamme il centro civico. Poi hanno demolito la scuola elementare e l'asilo nido...

– Vuol dire che si è sparsa la voce che siamo noi di pattuglia e gli abitanti dormono i loro onesti sonni.

– Poi hanno massacrato di botte un tale, un invertito che se la faceva con dei ragazzi del Pilastro.

L'auto ventotto passa davanti alla porta di Fanciulli Odino e Sarti Antonio lo vede seduto sui gradini di casa assieme a un ragazzino. I due discutono e non si accorgono dell'auto.

– Ferma un momento.

Scende e si avvicina. Il Fanciulli Odino detto Giraffa è piú bello del sole. Sorride: – Salve, sergente, come va la vita?

– Cosa ci fai tu qui?

– Niente. Come vede non ci faccio proprio niente.

– Sei scappato...

– Quanta diffidenza. Rilasciato in attesa di procedimento penale.

– Non ti muovere –. Torna all'auto ventotto e chiama la Centrale: – Auto ventotto a Centrale.

– Qui Centrale.

– Ho sottomano un tale, Fanciulli Odino, arrestato qualche giorno fa e rinchiuso in San Giovanni in Monte. Chiedo conferma del suo stato.

Passano alcuni secondi e la Centrale risponde: – Tutto in regola, sergente. Libertà provvisoria in attesa di processo.

Sarti Antonio torna all'Odino e lo guarda in faccia.

– Cerca di non farti ripescare dal sottoscritto mentre smonti gomme d'automobile.

– Stia allegro, capo –. Sarti Antonio dà un'occhiata al ragazzo che siede al fianco di Giraffa, sui gradini d'ingresso. Chiede: – È il ragazzino che stava con te l'altra sera?

– Gliel'ho detto, capo: ero solo.

– Gli stai insegnando il mestiere?

Il ragazzino si alza in piedi: avrà sí e no dodici anni. Risponde direttamente, senza preoccupazioni: – Mi chiamo Claudio Reni, non ho fatto niente e non puoi arrestarmi né interrogarmi.

Sarti Antonio è sbalordito: – Addestrato bene, il piccolo. Sei tu il maestro? Cosa ne facciamo? Un ladro di polli, di gomme d'auto o qualcosa di meglio? Magari uno scassinatore.

– Sergente, questo è un bravo ragazzo.

– Può darsi che lo fosse, ma ha cominciato a frequentarti troppo presto e non lo è rimasto per molto.

Claudio Reni, il piccolo, guarda in viso ora Sarti Antonio, ora Giraffa, e non parla. Lascia che il dialogo lo conducano i grandi. A vederlo in questo momento, seduto sui gradini a prendere il fresco, sembra perfino un bravo ragazzo, ben educato. Ha il visino pulito di un bambino sano, i capelli scuri gli scendono dietro, lunghi. Gli occhi grandi gli dànno un'aria intelligente.

– Voi della Questura avete un difetto: vedete il male dappertutto. Io stavo invece raccomandando al piccolo Claus di rispettare la legge e di amare il prossimo. Anche se il prossimo è pieno di soldi e lui no.

Sarti Antonio non ha nessuna voglia di farsi prendere in giro da quel tipo. Lo lascia perdere e si avvia verso l'auto ventotto. Ma Odino Giraffa gli chiede:

– Un buon caffè, sergente?

Sarti Antonio si ferma e fa: – Dove, se tutto è chiuso a quest'ora, in questo quartiere di merda?

– La mia casa è sempre aperta agli amici.

A Sarti Antonio torna in mente il cattivo odore dell'appartamento, il suo disordine, ma il desiderio di un buon caffè è troppo forte.

– Andiamo. Felice, vieni con noi?

– Sai bene che non posso bere caffè. Aspetto qui.

Il ragazzino trotta davanti a loro e si ferma sulla porta spalancata di casa Fanciulli.

Dentro il solito cattivo odore. Sarti chiede: – E la madre?

– Sempre a letto. Sono io, ma'! Sono con un amico.

Da qualche parte arriva il consueto mugolio.

– Sieda, sergente: le preparo il caffè.

– Ti dispiace se lo preparo io? – Non aspetta la risposta; gli prende dalle mani la macchinetta e va al secchiaio ingombro di ogni casino.

Prepara il tutto con la solita cura e siede in attesa che il buon profumo del buon caffè esca dalla macchinetta e sostituisca, per un attimo almeno, il cattivo odore della casa.

– Mi spieghi perché qui dentro c'è sempre 'sta puzza?....

Odino gli risponde senza sentirsi offeso: – Sono le galline.

– Le galline? Come sarebbe?

– Sarebbe che tengo delle galline nel bagno.

Sarti Antonio non ci crede. Si alza e va alla porta del bagno: l'apre e accende la luce. Immediatamente, nella vasca, proprio dentro la vasca, quattro galline cominciano a fare un casino della madonna: sarà che la luce le ha improvvisamente svegliate. Cercano di arrampicarsi sulle pareti lisce della vasca, senza riuscirci.

– Roba da matti.

Spegne la luce, esce e chiude la porta alle spalle nella speranza di isolarsi da quel ricordo.

Fanciulli Odino detto Giraffa non pare minimamente preoccuparsi: – È per avere sempre le uova fresche. Mia madre ne ha bisogno.

– Roba da matti.

Il caffè comincia a salire e Sarti Antonio si occupa delle tazzine. Le lava sotto l'acqua corrente e si rivolge al bambino: – Vuoi anche tu?

– Non bevo caffè, grazie.

Sarti non riesce proprio a dimenticare le galline.

– Roba da matti!

Il caffè viene bevibile nonostante l'ambiente, nonostante l'aria pesante della cucina, nonostante le galline nella vasca da bagno... Sarti Antonio spiega: – Per preparare un buon caffè ci deve essere l'ambiente adatto; ci deve essere amore. Direi che è necessario un rapporto erotico fra chi prepara il caffè, la miscela e la mac-

CONTRO IL POTERE LA RAGION NON VALE! 31

chinetta -. La pianta lí perché quei due non lo seguono. Si alza: - Andiamo, Claudio. Ti accompagno a casa.

- Non ho nessuna voglia di andare a casa. Resto con Giraffa.

- I tuoi genitori sanno che sei fuori di casa a quest'ora?

- La mamma è a lavorare.

Sarti Antonio crede di sapere che razza di lavoro sta facendo la madre a quest'ora di notte.

- E tuo padre?
- Non ce l'ho.

Sarti non si arrende. Mette una mano sulla spalla del ragazzo e lo accompagna fuori.

- Andiamo a casa tua.

Fanciulli Odino li segue per le scale: - Quando passa di qua, sergente, ricordi che c'è sempre un buon caffè a casa mia.

- E tu lascia perdere questo ragazzino, capito?

Il ragazzino non la pensa cosí. Dice: - Odino è un mio amico.

- È un poco di buono...
- E allora?

Sarti non sa rispondere: - Allora... allora niente. Lascialo perdere.

- Questo discorso non mi ha convinto gran che.
- Fa niente: tu lascialo perdere lo stesso. Monta su. Dove abiti?

Claudio indica davanti a sé e dice: - Di là. Come ti chiami?

- Sarti.
- E poi?
- Antonio. Che... mestiere fa tua madre?
- Lavora di notte. In un negozio.
- In un negozio di notte?
- Sí. Non fa la puttana come pensi tu.

– E chi lo ha mai pensato?
– Lo pensano tutti, appena dico che mia madre lavora di notte. Mi pareva che anche tu...
– Ti pareva male.
– Lei fa la pasta in un negozio di pasta fresca. Vuoi che ti ci porti?
– Perché no.
– Allora di' al tuo autista di tornare indietro. Di andare verso il centro.
– Autista, torna indietro e va' verso il centro.

La madre di Claudio fa effettivamente la pasta fresca in un retrobottega del centro. Non la puttana sui viali come pensava Sarti. Naturalmente il negozio è chiuso e Sarti Antonio deve seguire il piccolo in un corridoio interno, fino all'ingresso posteriore.

Appena la donna vede il figlio, pianta tutto e gli corre vicino: – Claus! Cosa fai qui? Cos'è successo?
– Mi ha accompagnato lui.

La donna, ancora giovane ma piuttosto sciupata, guarda in faccia Sarti e gli chiede: – Lei chi è? Cosa vuole?
– Sono della... Polizia...

Non lo lascia finire e lo aggredisce: – Claus non ha fatto niente. Ne sono sicura e non potete...
– Ma cos'è? Una malattia di famiglia?

La donna continua a guardarlo, con sospetto: – Cosa vuole? Perché l'ha portato qui?
– Volevo parlare con lei. Può uscire un attimo?

La donna si volta verso un tipo seduto dietro un tavolo, tiene un giornale in mano e non ha fatto altro che osservare la scena da quando Sarti e Claus sono entrati. Costui annuisce alla donna, che dice: – Aspetti fuori: arrivo subito.

Quando li raggiunge, non ha piú il grembiule bianco e si è tolta dalla testa la ridicola cuffia che le nascondeva i capelli. Ha un aspetto piú giovanile, avrà trent'anni, se pure il viso è sciupato e di una che lavora tutta la notte.

– Andiamo.

In strada, davanti all'auto ventotto, Sarti Antonio si ferma e dice: – Questa sera ho trovato suo figlio con un tipo, un poco di buono. E qualche sera fa erano assieme a smontare gomme da un'auto rubata.

Il piccolo interrompe e dice alla madre, convinto: – Non era rubata! Giraffa mi aveva assicurato che non era rubata e mi aveva chiesto di aiutarlo. Lo stavo facendo quando è arrivato lui –. Indica Sarti e parla, senza prendere fiato: – Capito? Non era rubata. E se Giraffa mi ha detto...

Sarti lo interrompe: – Ecco perché non mi sembra una bella cosa lasciarlo fuori di notte. Io non lo farei.

La donna chiede: – Dovrei legarlo al piede del tavolo? – Mette le mani sulle spalle del suo bambino e se lo tiene vicino. Riprende: – A sentire voi è molto difficile trovare delle persone oneste. Non mi risulta che Giraffa abbia mai ucciso, né violentato...

Questa volta Sarti la interrompe: – Non si è disonesti solo uccidendo e violentando.

La donna diventa sempre piú acida nelle sue risposte: – Bene. Al Pilastro allora non ci sarebbero delle persone oneste.

– Lei è onesta.

– E chi lo decide?

Inutile continuare un dialogo fra sordi. Sarti Antonio, sergente, taglia corto: quella donna lo indispone.

– Faccia come crede. Io l'ho avvertita.

– La ringrazio, ma poteva risparmiare la fatica e il disturbo.

– Non c'è peggior sordo di chi non vuol sentire. Ci vediamo.

Lascia i due sul marciapiede e saluta con la mano. Monta sulla ventotto. Sente che la donna dice al piccolo Claudio: – Non ci pensare, Claus. Adesso ti porto a casa. Tu e io, insieme.

Sarti Antonio ha il cuore nobile: scende dall'auto, prende il piccolo per mano e dice: – Vi accompagno io. Andiamo.

La donna non gradisce: – Non importa, grazie.

– Non faccia tante storie, per favore. Né io né Felice abbiamo la peste. Siamo solo questurini e cerchiamo di fare il nostro dovere meglio che possiamo.

La donna non risponde ma si vede chiaramente che le due cose, peste e questurino, per lei, sono identiche. Comunque salta sulla vettura a scanso di polemiche e si tiene il bambino stretto vicino, fino al Pilastro. Non apre piú bocca.

All'arrivo si limita a dire: – Siamo arrivati.

Scendono. Claudio apre la portiera di Sarti e dice: – Mi porti in giro con te una sera?

– Se ti fa piacere e se la signora non ha difficoltà.

La signora trascina il bambino: – Andiamo a letto, Claus.

Sarti li raggiunge prima che spariscano all'interno.

– Senta un po', signora... Signora?

– Lucia.

– Senta un po', signora Lucia, io ho creduto di far bene ad avvertirla. Insomma, faccia come le pare. Il figlio è suo. Ma non mi sembra il modo di...

– Di far bene? Ma lei sa qual è il bene? L'ha mai saputo?

– Oh, questa poi! – Sarti Antonio, sergente, lascia i due sulla porta e se ne va disperato: – Oh, questa poi! – Prima di salire sull'auto ventotto, si volta e grida alla donna: – Tenga in casa quel bambino di notte se vuole evitargli dei guai.

– Grazie del consiglio. Viene lei a guardarlo mentre io sono a lavorare? Forse questo potrebbe essere uno dei suoi doveri.

Sarti Antonio borbotta sottovoce: – Adesso questa la mette in politica. Che razza di gente.

Felice Cantoni non ha capito e chiede: – Cosa dici?

– Niente. Parlo da solo, come un matto –. Forte, verso i due: – Buonanotte, Claudio.

– Allora mi porti in giro domani notte?

– D'accordo.

– Ti aspetto qui.

Sarti Antonio, sergente, avrebbe qualcos'altro da dire, ma la radio comincia a gracchiare.

– A tutte le auto, a tutte le auto. Sulla San Vitale è scattato l'allarme in una banca. A tutte le auto...

Sarti Antonio si inserisce: – Auto ventotto: partiamo immediatamente per la zona indicata...

Non lo fanno finire. Dalla Centrale gli arriva la voce di Raimondi Cesare, ispettore capo: – Non ci servi, Sarti Antonio. Non muoverti dal Pilastro.

Sarti riattacca il microfono: – Meglio cosí.

Quando alza il capo si accorge che il piccolo Claudio è appoggiato al finestrino, ha gli occhi spalancati per la gioia. Dice: – Mi piace.

Lucia, la madre, lo chiama: – Andiamo a letto, Claus. Vieni.

– Lo farà venire domani in giro con me?

Lucia alza le spalle: – Da qualche parte dovrà andare...

– ... e tanto vale che vada con un questurino. C'è poco da scegliere fra ladri e poliziotti.

Lucia, per la prima volta, sorride: – Non l'ho detto io. E non è un paragone da fare.

– Per i ladri o per i questurini? – Non risponde. Sarti si rivolge a Claudio: – Che classe fai?

– La prima media. Ma a scuola non ci torno piú.
– E starai tutto il giorno in giro?

Claudio alza le spalle: – Qualcosa troverò da fare. Tu puoi chiamarmi Claus, come i miei amici.

Sarti Antonio, sergente, ha esaurito gli argomenti. Si rivolge a Felice Cantoni: – Andiamo.

L'auto ventotto riprende la sua vita di pattugliamento al Pilastro. Felice Cantoni, per la prima volta, alza la voce: – Che cazzo stai a discutere con quella gente? Se potesse ci ucciderebbe!

Per un po' Sarti Antonio, sergente, non risponde. Poi chiede: – Vorrei sapere perché.

– Perché siamo questurini.
– E allora?
– Allora niente. Siamo questurini e basta.
– E questo cosa vuol dire?
– Che ne so io? Chiedilo a loro!
– Glielo chiederò. Glielo chiederò sí. Una ragione ci deve pur essere se loro la pensano a quel modo.
– E tu non la conosci la ragione?
– La conosco sí, ma non è giusta! È una ragione che non è una ragione! Io non ho mai ammazzato nessuno, caro mio.
– Come puoi essere cosí sicuro?
– Felice Cantoni, non farmi incazzare anche tu! Non ce n'è proprio bisogno.

Per il resto della notte, all'interno della vettura non passano altre parole. Ognuno segue i propri pensieri e lascia scorrere le ore, indifferente.

Al Pilastro non succede altro.

Credo di sapere cosa preoccupa Sarti Antonio, ma so anche che non c'è niente da fare: le cose continueranno ad andare per il loro verso e non sarà certamente un Sarti Antonio qualsiasi a modificarne il corso.

Lo sento borbottare per un po', ma poi si calma e

si dedica al suo inutile lavoro di questurino in servizio al Pilastro.

Quando Felice Cantoni lo scarica davanti a casa, Sarti Antonio si limita a un cenno di saluto col capo ma Felice Cantoni, agente, gli dice: – Non te la prendere e dormici sopra.

Sale le scale e ricomincia a borbottare. Sento quello che dice perché qui non c'è il rumore del motore dell'auto.

– Dormici sopra. Discorso di merda. Dormiamo sopra a tutto, mi pare. Quelli non sanno chi io sia, eppure mi guardano in faccia e già decidono come sono fatto. Bel modo di comportarsi. E io ci dormo sopra. Dormiamoci sopra tutti!

Le scale sono deserte, la gente è ancora a letto e questo è un bene perché cosí nessuno può vedere il questurino del palazzo parlare da solo come un povero matto.

Prima di fare il caffè, Sarti Antonio si guarda nello specchio: – Ci dormo sopra. È una vita che ci dormo sopra.

Fra poco qualcuno comincerà ad alzarsi, si farà la barba, si berrà un caffè e andrà a lavorare. Fanno tutti cosí. Molti, quelli che non lavorano, il caffè se lo fanno portare a letto.

Anche Sarti Antonio se lo porta a letto e se lo gusta in silenzio. Beve una gran tazza di caffè prima di dormire: anche questo, in un certo senso, non è del tutto normale.

4. Una questione di coscienza

L'ottoecinquanta del Sarti Antonio, sergente, appartiene ormai alla preistoria dell'automobile, ma pare che lui non se ne preoccupi. Dei pezzi originali, se ricordo bene, sono rimasti solo il volante e la leva del cambio. Anche la targa è originale.

Ma Sarti Antonio ha la fortuna di essere amico, nel senso buono della parola, di Romano, e Romano, pezzo dopo pezzo, gli ha rifatto l'ottoecinquanta. Solo che i pezzi sostituiti vengono tutti, o quasi, da auto che hanno già dato, da molto tempo, un addio alle autostrade e agli asfalti delle vie cittadine. Da auto in demolizione, per intenderci.

E ogni volta che Romano vede spuntare il muso dell'ottoecinquanta davanti all'officina, si mette le mani nei capelli e cerca di tagliare l'angolo prima di essere visto. Come adesso.

Ma Sarti Antonio non gli lascia il tempo.

– Non scappare. Va tutto bene. Non sono qui per l'auto.

– Vuoi dire che l'ottoecinquanta non ha i soliti guai?

– Per ora va tutto bene.

– Dio, ti ringrazio.

– Sono venuto per chiederti un favore personale.

– E ti pareva? Vieni a bere un caffè.

Romano lo precede verso l'angolo di officina dove

sono sistemate alcune macchinette a gettone e Sarti Antonio lo accompagna.

Mi meraviglio molto quando prende il bicchiere di cartone che Romano gli porge e lo porta alle labbra come fosse una tazzina qualunque. Adesso deve accadere!

E invece niente: solo una smorfia di disgusto. Poi il bicchiere di carta e il caffè finiscono nel cestino. Non una parola, non un gesto di intolleranza. Sono preoccupato.

– Cosa vuoi questa volta?

– Mi devi fare un grosso favore personale...

– Sono qui per questo.

– C'è un ragazzo... undici, dodici anni... Devi prenderlo qui a fare qualcosa di utile.

Romano spalanca gli occhi e risponde: – Tu sei tutto matto. Ti ha dato alla testa il caffè. Undici, dodici anni! Tu sei matto! O vuoi mettermi nei guai?

– Niente guai. Gli fai fare qualcosa: niente di pesante. Che ne so? Gli fai pulire gli uffici, gli fai...

– Cosa gli faccio? Undici, dodici anni! Se lo impara l'ispettorato del Lavoro, io finisco dentro.

Sarti Antonio comincia a caricarsi e ad alzare la voce: – Preferisci che quel ragazzo resti tutto il giorno sulla strada? Vuoi che diventi un delinquente?

– Perché non li vai a raccontare all'ispettorato del Lavoro questi tuoi problemi? Un ragazzo di undici anni deve andare a scuola.

– La scuola è finita e se tu non fossi analfabeta, sapresti che ci sono le vacanze. Cristo, lo metti in ufficio a schedare le fatture... Sa scrivere, sai. Ed è sveglio.

– È un tuo parente?

Sarti Antonio improvvisa; non sa che dire e allora racconta un sacco di balle: – Sí... Cioè, è un mio parente ma... Insomma, è figlio di un mio parente. Suo padre, mio parente, è morto e non voglio che il piccolo resti sulla strada tutto il giorno.

La discussione promette di andare per le lunghe e non ho nessuna voglia di continuare ad ascoltare le bugie che Sarti Antonio va scaricando in officina. Me ne vado. Vado a guardare le belle Maserati-Citroën allineate là attorno.

Quando Sarti Antonio si avvia all'ottoecinquanta e vi monta, lo raggiungo: quello è capace di lasciarmi a piedi, per quel tanto che gli interesso.

Faccio a tempo a salire che già la sua auto è in movimento. Gli chiedo: – Dove si va?

Non risponde. Mugola qualcosa che non capisco e non me la sento di insistere dal momento che non so cos'abbia combinato con il Romano.

Arriva al Pilastro e incontriamo subito Fanciulli Odino detto Giraffa e Claudio Reni seduti davanti al bar.

È la prima volta che possiamo esaminare alla luce del sole il Fanciulli e non riesco proprio a considerarlo un bel tipo. Che fosse alto e magro me ne ero già accorto, ma piú che magro, quello è scavato. Scavato nelle guance, scavato nel petto e scavato nelle gambe. Una brutta cosa, insomma. Un lungo collo da giraffa sostiene una testina piccola e storta. Una giraffa.

Non si accorge di noi ed è Claudio che urla: – Guarda chi c'è, Giraffa!

Claudio ci corre incontro ma Giraffa non dimostra di essere felice di vederci. Soprattutto di vedere Sarti Antonio.

– Quello ce l'ha con noi.

Sarti Antonio sente, come sento io.

– Ce l'ho con te, non con lui.

– Ma cosa le ho fatto io?

– Ti avevo chiesto di lasciar perdere il piccolo. Ma tu continui a portartelo in giro.

Giraffa si alza e borbotta: – Allora sei anche fissato, caro mio.

Se ne va. Claudio gli va dietro: – Vengo con te, Giraffa.

Sarti Antonio segue i due e io seguo Sarti Antonio: una bella processione.

– Aspettami, Claudio. Devo dirti qualcosa.

– Non voglio sentire niente.

Sarti Antonio raggiunge i due e gli si mette a fianco. Dice: – Vuoi venire con me, Claudio?

– I miei amici mi chiamano Claus. Te l'ho già detto.

– Va bene, ti chiamerò Claus anch'io.

Giraffa si ferma sul marciapiede e si rivolge al ragazzo: – Vai con il sergente: credo ti convenga.

Sarti Antonio non sopporta quel tono: – Non fare dello spirito. Meglio con me che con te.

– Non ne sono poi tanto sicuro.

– Senti, buffo: io ho trovato il modo di non lasciarlo per la strada tutto il giorno e mi pare una cosa fatta bene.

– E dove lo porta, sergente? All'asilo o al riformatorio? Ha proprio paura che noi lo guastiamo. Non c'è pericolo: a star qui ci si guasta per forza! È sufficiente nascerci in questo ghetto. Non sarò io né qualcun altro a guastare il piccolo Claus piú di quanto non lo guasti l'ambiente. Sarà l'aria che qui si respira, l'odore delle strade, la voce degli abitanti. E lei non potrà farci niente.

– Ti dispiace se ci provo?

– Si accomodi pure, sergente.

Sarti Antonio lascia perdere per un po' Fanciulli Odino detto Giraffa e si dedica al piccolo Claudio.

– Vuoi venire con me o no?

– Tu cosa ne dici, Giraffa?

Sarti Antonio non aspetta che questi risponda.

– Che bisogno hai dei suoi consigli? Sei già grande.
– Voglio sentire cosa ne pensa Giraffa.
Non c'è niente da fare e Sarti Antonio si rassegna. Aspetta la risposta dell'oracolo guardando altrove.

Fanciulli Odino detto Giraffa lascia da parte, per un attimo, il suo tono di sopportazione e si rivolge a Claudio: – Io credo ti convenga andare. Chissà che non ti abbia trovato una buona sistemazione. Migliore di quella che possa immaginare io. Poi ci rivediamo e mi racconti tutto. Va bene? E se non ti quadra, puoi sempre venirtene via.

Claus annuisce, alza le spalle e spinge in fuori le labbra. La sua aria di persona che capisce al volo le situazioni fa un po' ridere. Dice: – D'accordo. Ti dirò questa sera. Andiamo pure, capo.

Sarti Antonio gli mette una mano sulle spalle e si avviano verso l'ottoecinquanta.

– Vedrai che ti piacerà. Vai d'accordo con le automobili?
– Sono il mio pane quotidiano.
– Come sarebbe?
– Sarebbe che le conosco tutte. Mi basta un'occhiata per stabilire quanto ci si può ricavare. La tua è un debito. Meglio perderla che trovarla. Quella che adoperi per servizio, invece...
– Lo so.

Durante il viaggio Claudio non sta zitto un istante:
– Vorrei sapere come sei finito al Pilastro.
– È il mio lavoro.
– Gran brutto lavoro. Non sei il tipo da pattuglione.
– Tu cosa ne sai?
– Lo so, lo so. E prima, cosa facevi?
– Andavo in giro con l'auto ventotto, come adesso. Oppure mi occupavo di indagini.

– Ho capito: qualcuno ti ha fatto le scarpe e ti hanno sbattuto al Pilastro, di pattuglia.

– Non è proprio cosí, ma quasi. La colpa è di tre monete antiche che mi sono fatto fregare di sotto il naso.

– Bravo coglione! Com'è andata?

Non avrei mai supposto che Sarti Antonio avesse tanta pazienza e potesse parlare con tanta calma a un bambino. Le persone non si conoscono mai completamente.

Quando ha finito di raccontare la sua dolente storia, il piccolo Claudio gli ride in faccia con la sua piú bella incoscienza e innocenza di bambino.

– Bravo coglione! Lo sanno tutti che l'acquedotto romano finisce nel cortile di Palazzo Re Enzo. Bravo coglione!

– Io non lo sapevo. E smettila di chiamarmi coglione.

– Vedrò cosa posso fare per darti una mano.

– Sí, fa' cosí.

Sarti Antonio sorride: le parole del piccolo Claudio sono convinte, quasi si sentisse veramente in grado di fare qualcosa per aiutare qualcuno e non fosse lui ad avere bisogno degli altri.

Continua nel suo dialogo: – Al Pilastro si imparano parecchie cose. Vai tranquillo, che se mi arriva una notizia te la passo. Vai tranquillo.

– Ti ringrazio. Che classe hai detto che fai?

– È importante?

– No.

– Allora perché lo chiedi? Me lo chiedono tutti. Cosa importa la classe che faccio?

– Ho l'impressione che non ti piaccia molto andare a scuola.

– Mi piaceva. Poi le scuole medie mi hanno rotto.

– Perché?

Il piccolo alza le spalle e non risponde: avrà i suoi motivi.

Intanto l'ottoecinquanta è arrivata in officina e Sarti Antonio dice: – Siamo arrivati. Scendi.

Claudio entra di corsa, senza attendere Sarti, e sgrana gli occhi davanti alla fila di automobili lucide e nuove in attesa del proprietario.

– Schifo, che roba! Qui ci sarebbe da fare una barca di soldi in una sola notte.

Sarti Antonio lo guarda in faccia e gli dice: – Non fare questi discorsi: voglio un ragazzo serio. Va bene?

– Va bene, capo.

Rivediamo Claudio quella sera stessa, seduto sui gradini di casa. Pare stia aspettando proprio noi, perché appena vede arrivare l'auto ventotto, si alza e corre incontro. Sarti Antonio fa fermare.

– Mi porti in giro questa sera? Lo hai promesso.

– Hai parlato a Lucia del tuo lavoro?

– Sí, sí. Lucia è d'accordo. Mi ha detto che posso cominciare anche domani. Mi ci porti in giro?

– Lo farai? Comincerai domani?

– Certo che lo farò. È d'accordo anche Giraffa. Mi ci porti?

Sarti Antonio dà un'occhiata a Felice Cantoni, ma da costui non viene un cenno: immobile, le mani sul volante, gli occhi sulla strada, il viso di gesso. Non vuole essere coinvolto in un affare di bambini, ma è sicuro che se Claudio metterà piede sull'auto ventotto, ne soffrirà e starà male fino a quando non lo vedrà scendere.

– Allora?

Felice Cantoni è costretto a rispondere: – Allora che?

– Lo portiamo in giro?

– Sei tu il capo: fai quello che vuoi.

Sarti Antonio fa posto al suo fianco e lascia salire

Claudio. È improvvisamente felice: non si muove. Tiene gli occhi fissi davanti a sé, le mani appoggiate al cruscotto. Ha il respiro corto. Gli ci vuole un po' di tempo prima di riprendere il dialogo: – La radio non la usi mai?

– Se mi prometti di non dire una sola parola, ti mostro come si usa.

Claudio annuisce: aspetta.

– Auto ventotto a Centrale.

– Qui Centrale. Parlate pure.

– Stiamo pattugliando il Pilastro: tutto tranquillo. Avete disposizioni?

– Ti leggo il bollettino di servizio della settimana prossima.

Un attimo di pausa, poi ancora la Centrale. – Servizio per auto ventotto e per il relativo equipaggio: lunedí pattuglia al Pilastro. Martedí pattuglia al Pilastro. Mercoledí pattuglia al Pilastro...

Sarti Antonio interrompe il rosario: – Fai dello spirito?

– No, leggo il bollettino di servizio della prossima settimana.

– Allora sei matto. La settimana prossima devono darci il cambio.

– Infatti vi daranno il cambio. Di notte. Voi farete il turno del pomeriggio.

– Ancora al Pilastro?

– Ancora.

Sarti Antonio sbatte il microfono e grida: – Crepa.

Claudio guarda in faccia il sergente: – Ti hanno ancora incastrato quei figli di...

– Ti accompagno a casa e vai a dormire. Domani mattina ti alzi presto per andare al lavoro.

– Va bene. Ma quelli continuano a incastrarti se non ti fai furbo.

Appena il piccolo sparisce dentro la porta di casa, Sarti Antonio si sfoga come si sfogherebbe un facchino della «balla grossa». Che sarebbe poi uno di quelli della peggior specie che mai si siano conosciuti in città.

Maledice il servizio, il suo diretto superiore, l'automobile che lo sta trasportando e finisce col maledire una serie di personalità politiche e religiose che neppure conosco ma che devono essere piuttosto importanti se Sarti Antonio riserva loro un trattamento di riguardo.

– Ti arriverà un attacco di colite.
– Già arrivato.
– Non ci guadagnerai molto.
– Ma sentitelo, questo! Ti fa tanto piacere girare per il Pilastro notte e giorno, come un povero scemo. Oramai conosciamo anche i ciottoli della strada.
– È un lavoro come un altro. Qui o altrove...
– Questo non è un lavoro come un altro e qui non è altrove! Qui è un cesso!
– Non mi pareva, da come ti sei preso a cuore la situazione di quel bambino.
– Che c'entra? Questione di coscienza. Tu ce l'hai la coscienza?

Felice Cantoni alza le spalle: – Ce ne sarebbero troppe di questioni di coscienza. Vorresti affrontarle tutte?

– Questo mondo fa schifo, questo mestiere fa schifo.

E ha perfettamente ragione. Ma per schifosa che sia una situazione, ce n'è sempre un'altra piú schifosa ancora. E un'altra e un'altra. Cosí via all'infinito.

Di questa esemplare verità si rende conto quando si sdraia sul letto e si illude di poter finalmente chiudere gli occhi.

Il telefono gli scuote i timpani e gli lacera gli ultimi brandelli di nervi che ancora resistevano.

– Chi è?

Ma non importa chiedere: la voce di Raimondi Cesare non può essere confusa con altre.

– Sarti Antonio?
– Sono qui.
– Ti aspetto in ufficio.
– Adesso?
– Per questo ti ho telefonato.
– Sono appena tornato dal servizio...
– Anch'io. Ma quando il dovere, è vero come si dice, mi chiama, io non esito. Prova a fare altrettanto.
– Cosa succede?
– Ci sono da ultimare i verbali relativi alle indagini sulla scomparsa delle monete da Palazzo Re Enzo. La Procura chiede il fascicolo per oggi pomeriggio...
– E non si potrebbe aspettare fino a domani? Non riesco a tenere gli occhi aperti.
– È una questione di coscienza e ti prego, è vero come si dice, di non dimenticare che proprio tu sei il maggior responsabile di questa situazione. E se io, è vero come si dice, sono in ufficio alle sette di mattina, non vedo perché non debba esserci anche tu. È una questione di coscienza.

5. Non manca piú niente

Se fin qui le cose sono andate come sono andate, la colpa non è di nessuno. Io faccio il mio mestiere meglio che posso, allo stesso modo che Sarti Antonio, sergente, fa il suo, che Felice Cantoni, agente, fa il suo.

Se c'è qualcosa che non funziona non è certo il desiderio di Sarti Antonio di sistemare il piccolo Claudio: io lo capisco perfettamente Sarti Antonio. E lo capisco perché l'ho sempre seguito; so come la pensa e come vorrebbe agire, anche se, il piú delle volte, non gli è possibile.

Se c'è qualcosa che non funziona, non sono le sue crisi isteriche e non sono i suoi attacchi di colite. E neppure l'odio congenito che gli abitanti del Pilastro si portano dietro per i questurini. Io capisco anche quest'odio perché ho visto come sono sempre stati trattati, perché ho fatto anch'io la fame allo stesso modo loro e di chissà quanti altri.

Se c'è qualcosa che non funziona è che debbano sempre rimetterci quelli che non sono in grado di difendersi; quelli che sono costretti a sopportare i comodi degli altri; quelli che non hanno ancora capito che le unghie servono per restare attaccati alla vita, quelli che le unghie le hanno ancora poco robuste e poco appuntite. Come quel povero ragazzo di Claudio.

Quando lo vedo, disteso in un letto di sangue, gli occhi ancora sbarrati, quasi stupiti per quello che gli è successo, le mani rattrappite a graffiare i cubetti del marciapiede vicino al palo dell'illuminazione stradale, capisco che certe cose non si possono proprio sopportare. E troppe non funzionano! Troppe, per Dio! Ma il povero Claus, l'indifeso, il bambino ancora senza unghie, è a terra, davanti a noi, con il viso bagnato del suo sangue, schiacciato sul porfido freddo quanto la sua guancia infantile. E attorno nessuno ha il coraggio di parlare.

Che c'è da dire?

Ci sarebbe da urlare, ma si preferisce piangere. Il piccolo Claus. Si dovrebbe bestemmiare, ma non c'è la forza.

Ecco cosa manca: un po' di rabbia, un po' di coraggio, un po' di voglia di fare, di rompere.

Un piccolo foro nella nuca ha chiuso la sua vita appena cominciata, e i suoi capelli lunghi, secchi di sangue, non gli ricadranno mai piú davanti agli occhi.

A chi può aver fatto del male il piccolo Claus?

E chi può essere tanto assassino da assassinare il piccolo Claus?

Qualcuno dirà: il Pilastro, la vita, la miseria, la società... e tutto tornerà come prima.

Eppure hanno ucciso il piccolo Claus e qualcosa dovrebbe cambiare!

Attorno a me i soliti visi assenti, gli stessi occhi vuoti, le consuete menti inceppate, i normali corpi atrofizzati dalla lunga assuefazione.

Al massimo, ecco, un attimo, un segno di smarrimento. Non basta piú!

E allora continuiamo a prendere ciò che passa il sistema: Raimondi Cesare, ispettore capo, che non sa a quale santo votarsi, che non capisce ancora perché un ispettore capo della Polizia debba occuparsi di un bambino assassinato, con tutto quello che succede oggi in giro.

Sarti Antonio, sergente, le mani piantate nelle tasche dei calzoni e gli occhi bassi, che cerca di staccarsi da quella immagine ma che non riesce, che non ne ha la forza. Gli grido: – Ecco! Ecco quello che non sei capace di cambiare!

Alza il capo. Non ha sentito. I suoi occhi non dicono niente. Sono come gli altri, come gli occhi di tutti.

Mi fa pena. Me ne vado e li lascio ai loro pensieri, alle loro assuefazioni.

È ancora notte, ma l'aria fresca ha il sapore del mattino che sta avvicinandosi e il caldo afoso della sera precedente rimane un ricordo. Il brivido lungo la schiena può essere di freddo o può essere di paura: non si riesce a capirlo.

Sui campi, fra i rami delle siepi, sull'erba umida di una notte, passa un silenzio che niente e nessuno ha voglia di rompere.

Neppure quel gruppo di uomini stretti attorno al corpo di Claus. Neppure il dolore della madre: un pianto soffocato che si stende sul bambino.

Mi arriva, portata da un alito di vento, la sua domanda, stupita, incredula, dolorosa, sommessa.

– Che male vi aveva fatto il mio piccolo Claus?

Me lo sono chiesto anch'io. Nel momento preciso che l'ho veduto sul marciapiede, con la guancia destra schiacciata sul porfido, un minuscolo foro nella nuca, il sangue rappreso fra i capelli. Me lo sono chiesto anch'io.

Nell'ufficio di Raimondi Cesare, ispettore capo, ci sono tutti; l'aria è irrespirabile anche se la finestra, una sola, è spalancata; anche se, di tanto in tanto, entra un appuntato con una bomboletta spray e va spruzzando qua e là. Il risultato è che l'aria diventa ancor piú irrespirabile. Al fumo delle sigarette e dei sigari si mescola un malsano profumo che vorrebbe essere di pino ma che risulta di erba marcita o di uova andate a male, a seconda del grado di saturazione della stanza.

Di fianco a Sarti Antonio c'è un tale che vorrebbe addirittura accendersi la pipa.

– Ci manca solo la pipa qua dentro e poi saremo in una camera a gas.

Il tipo mette via la pipa e si limita a una sigaretta. Costui offre il pacchetto a Sarti Antonio che non lo degna neppure di risposta: lo sanno anche le sedie che Sarti Antonio detesta le sigarette, detesta chi le fuma, detesta chi va in giro a offrire sigarette come fossero caramelle e detesta in particolare chi le fabbrica.

Da un buon quarto d'ora il Raimondi Cesare, ispettore capo, sta illustrando ai suoi uomini quello che è emerso nel corso delle indagini sull'uccisione del piccolo Claudio Reni. Cioè niente.

– Ci sono due cose certe, è vero come si dice, la prima è che il ragazzo è stato raggiunto alla nuca da un colpo di arma da fuoco. Non sappiamo ancora, è vero come si dice, che tipo di arma, come non sappiamo da che distanza sia stato sparato il colpo e chi lo abbia sparato. La seconda cosa: gli sono state trovate in tasca duecentomila lire in biglietti da diecimila. La Scientifica è al lavoro per fornire le risposte alle nostre richieste. Apparentemente, è vero come si dice, non ci sono moventi. Un ragazzo di undici anni non può essere implicato in grosse cose... Almeno si spera. In ogni caso, è vero come si dice, si potrebbero già avanzare alcune ipotesi.

Fa una sosta per raccogliere le idee o per aspettare un suggerimento che però non arriva. Regna il piú assoluto silenzio. Si ode solamente il rumore del tabacco che brucia sulle labbra di quegli uomini e il respiro affannoso in un caldo pomeriggio d'estate. Per un po' Raimondi Cesare si dà un contegno controllando le solite carte sparse sul suo tavolo, quasi avessero un significato o rappresentassero una traccia. Poi riprende con voce alta e chiara in modo che tutti possano intendere il responso dell'oracolo.

– Dal momento che non si può parlare di delitto a scopo di rapina... le duecentomila trovate ce lo dimostrano. Dal momento che non si può parlare di rapina, cosa ne pensate di un assassinio per chiudere la bocca a un testimone?

Silenzio.

– Potrebbe darsi, è vero come si dice, che il ragazzo avesse assistito casualmente a qualche fatto compromettente, fosse stato sorpreso e ucciso. Si tratta di sapere se sia o no accaduto qualche grave inconveniente negli ultimi giorni al Pilastro del quale non siamo venuti a conoscenza. Ne sa niente il sergente Sarti?

– Non mi risulta siano successi fatti particolarmente gravi se si esclude...

Raimondi Cesare lo interrompe: – Lasci perdere il suo parere personale e permetta che giudichiamo noi sulla gravità o meno degli avvenimenti. Lei è stato di pattuglia durante la settimana scorsa. Cos'è successo?

Sarti Antonio riprende il discorso dal momento stesso in cui lo aveva interrotto: – ... se si esclude il furto di un'auto il cui autore è stato assicurato alla giustizia. Inoltre sono da segnalare un paio di liti fra prostitute e protettori che però non possono aver avuto conseguenze tali da giustificare un omicidio.

Tace sul fatto che nel furto di automobile era implicato anche il piccolo Claudio. E fa bene, secondo me.

– Naturalmente questo è ciò che risulta a Sarti Antonio. Ma può essere, è vero come si dice, che sia accaduto qualcosa che il sergente non ha notato. E non mi stupirei che fosse proprio cosí, visto il recente affare della mostra numismatica e...

– Adesso andrà avanti per un anno con la storia di tre monetine del mio cazzo.
– Prego?
Sarti risponde ad alta voce: – Niente.
– Lei ha detto qualcosa.
– Pensavo a voce alta.
– Lo faccia dentro di sé, come siamo abituati a fare noi.

Ancora un attimo di pausa per raccogliere le idee e poi Raimondi Cesare, ispettore capo, riprende il monologo.

– Questa, è vero come si dice, potrebbe essere un'ipotesi, ma non si giustificherebbero le duecentomila trovate sul suo corpo. Allora proviamo con un'altra: il ragazzo è stato adescato da un maniaco sessuale, ha opposto resistenza ed è stato ucciso. In questo caso il danaro trova la sua giusta collocazione.

Questa ipotesi gli è particolarmente cara, infatti spalanca gli occhi e li passa, trionfante, sui visi degli astanti che cercano altre occupazioni per il tempo della lunga pausa.

– Ci può essere dell'altro? Certamente. Non dobbiamo tralasciare nessun movente. Per esempio il ragazzo poteva essere invischiato in un giro di sfruttamento minorile. Anche in questo caso le duecentomila lire avrebbero una loro logica giustificazione. Ancora: noi sappiamo che la droga è particolarmente rivolta, in questi tempi, è vero come si dice, verso la scuola, i ragazzi... La presenza del danaro. Io direi di lavorare, per ora, in queste quattro direzioni che mi paiono, è vero come si dice, le piú probabili. Primo: soppressione di un testimone pericoloso. Secondo: resistenza a un maniaco sessuale. Terzo: sfruttamento minorile e, infine, quarto: droga.

Altra sosta per riprendere fiato e poi partenza.

– Come sapete, è vero come si dice, abbiamo fatto una retata fra i piú noti pregiudicati della zona. Adesso ognuno di voi cerchi di spremerli come meglio crede, in particolare insistendo, è vero come si dice, nelle direzioni da me indicate. Non dubito che ognuno di voi saprà utilizzare nel migliore dei modi le proprie risorse personali.

Pare che il dottore abbia finito, e quando i collaboratori cominciano a sfollare dalla camera a gas, Raimondi Cesare alza nuovamente il capo dalle sue carte, domina i convenuti con uno sguardo indagatore e conclude:

– Ricordatevi che la città aspetta da noi, è vero come si dice, dei risultati. E che siano risultati soddisfacenti. Non possiamo lasciar passare un delitto tanto atroce impunemente. E leggete i giornali, domani. Ne sentirete delle belle. Ciò vi sia di sprone a fare con coscienza, è vero come si dice, il vostro dovere. Andate pure e buon lavoro.

Vanno. E Sarti Antonio con loro.

Conosceva il piccolo Claudio troppo bene ormai per supporre che una sola delle quattro ipotesi prospettate da Raimondi Cesare possa essere valida. E conosce troppo bene Raimondi Cesare, ormai, per dargli il credito che le sue teorie vorrebbero avere.

Ecco perché, al momento, Sarti Antonio non vede una sola via d'uscita: hanno ucciso il piccolo Claudio, lo hanno semplicemente ucciso. Non c'è motivo, non c'è giustificazione né ipotesi che possa reggere.

Per un istante gli tornano alla mente le duecentomila lire che il piccolo aveva in tasca e, per un istante, non è piú tanto sicuro di averlo conosciuto a fondo. Ma scaccia l'idea perché è certo che non si può uccidere un bambino per quattro sporchi soldi.

Gli uomini sono radunati nella sala e nessuno di loro apre bocca, nessuno ha niente da dire. Eppure è gente che di morti ammazzati ne ha veduti parecchi.

Quando il silenzio diventa troppo lungo, imbarazzante per durare, Sarti Antonio, sergente, prende la parola.

– Dividiamoci un po' i compiti. Cominciamo con l'interrogare i fermati. Io mi prendo Fanciulli Odino.

Lo guarda in faccia per un minuto buono senza aprire bocca e lascia che Giraffa inghiotta piú volte la saliva con un movimento del collo, quasi fosse un'oca che beve.

– Piú che Giraffa, avrebbero dovuto chiamarti Oca –. Nessuna reazione: Fanciulli Odino detto Giraffa continua a guardarsi la punta delle scarpe. – Allora, cosa mi dici?

Giraffa risponde sottovoce: – Schifo. Non ho niente da dire. È uno schifo quello che hanno fatto al povero Claus, e se solo sapessi... – Non continua.

– Se solo sapessi?

– Direi tutto. Tutto. È uno schifo quello che gli hanno fatto.

– Lo so. È successo al Pilastro.

Il dialogo non procede speditamente soprattutto perché Sarti Antonio non ha idea di cosa chiedere. Sa perfettamente che con questo tipo è inutile seguire la prassi di un normale interrogatorio. Con questo tipo come con tutti gli altri del Pilastro.

– Mi hai offerto un caffè in casa tua –. Giraffa annuisce. – E io sono disposto a ritirare la denuncia per il furto dell'automobile.

Fanciulli Odino non lo lascia finire e lo interrompe a voce alta: – Non ce ne sarebbe bisogno. Il povero Claus era mio amico... Il povero Claus non aveva fatto male a nessuno.

– Pare che le cose non stiano come dici tu.

– Stanno come dico io! Sergente, non è stato nessuno del Pilastro. Lei perde tempo, schifo!

– Vuoi aiutarmi? – Giraffa annuisce ancora. – Allora dimmi tutto quello che sai. Sono disposto a ritirare la denuncia, te l'ho già detto.

– E io le ho risposto che non importa. Purtroppo non so niente di niente. Come niente sa quella povera gente che avete fermato al Pilastro.

– Povera gente?

– Sissignore: povera gente. Al Pilastro potranno pure esserci ladri, sfruttatori, puttane e protettori, come del resto in tutte le parti di questa beata città... Ma nessuno è assassino. Ci sarebbe da discutere un mese sulla storia della gente del Pilastro e sulla lurida fama che si porta dietro.

– Discutiamone: abbiamo tempo. Discutiamone.

– Non serve a niente. Dovete cercare fuori dal Pilastro.

Sarti Antonio, sergente, è molto stanco. Parla sottovoce, quasi controvoglia. Si è appoggiato al tavolo e ha smesso di guardare in faccia Giraffa. Ha una domanda in testa che lo tormenta dal momento che ha veduto il piccolo Claudio schiacciato sul marciapiede. Eppure non riesce a tirarla fuori. Ha paura della risposta. Adesso si è messo a tormentare il microfono che sta sul tavolo e parla stancamente, sottovoce, cercando di ingannare se stesso e la domanda che già avrebbe dovuto fare a Giraffa.

– Quando hai veduto Claudio l'ultima volta? – Non è questo che doveva dire.

– Poco prima che lo ammazzassero.

– Probabilmente sei l'ultimo che l'ha visto vivo, oltre all'assassino. Ti ha detto niente che potesse giustificare... Insomma, ti ha parlato di qualcosa? Ti è sembrato che avesse dei timori?

– Niente. Era felice come può essere felice un ragazzo del Pilastro.

– Di cosa avete parlato?

– I soliti discorsi. Niente di importante.

– Lascia giudicare a me.

– Allora: mi ha parlato del suo lavoro nuovo e mi ha detto che sarebbe stato bello se la scuola non fosse piú ricominciata.

– Nuovo lavoro? Era vecchio da piú di un mese.

– Mi ha detto cosí. E poi mi ha parlato delle venticinquemila lire che aveva portato alla madre, a Lucia. Proprio quella sera. Era contento anche per questo.

– Niente altro?

– Non ricordo altro.

Sarti Antonio fa una lunga pausa e poi decide.

– Devi rispondere sinceramente, perché se scopro che mi freghi, un giorno o l'altro troverò il modo di torcerti il tuo bel collo di giraffa. Chiaro?

Le sue parole sono senza ira eppure decise come non le ho mai sentite da Sarti Antonio. Continua: – Hai mai pensato che io avessi aiutato Claudio per farmelo amico? Voglio dire: credi che volessi da lui delle informazioni?

Odino Fanciulli alza gli occhi per la prima volta dall'inizio del colloquio e guarda in viso Sarti Antonio. Non risponde. Sarti Antonio, sergente, gli si avvicina e gli chiede, sotto il naso: – Allora?

Odino Fanciulli riprende l'esame delle sue scarpe e risponde piano: – In principio sí. Gliel'ho anche detto al povero Claus di stare molto attento a lei...

Non finisce la frase perché Sarti Antonio lo colpisce col rovescio della mano proprio sulla bocca. Un filo di sangue bagna il mento di Giraffa e la mano di Sarti Antonio. Adesso Sarti continua a parlare sottovoce ma le sue parole sono dure e piene di odio.

– Brutto figlio di puttana! Figlio di una vecchia puttana! Credi di poter pensare di me quello che vuoi per il solo fatto che sono un questurino?

Giraffa si fa lontano ma Sarti lo segue e gli dice in faccia il seguito con la stessa violenza.

– Volevo aiutare il piccolo perché... perché volevo aiutarlo e basta, maledetto stronzo! Dovete smettere di pensare a me come... come... Figlio di puttana! Tu e tutti i soci del maledetto Pilastro!

– Ho detto... ho detto che la pensavo cosí in principio. Poi ho cambiato idea.

– Ah, sí? Tu hai cambiato idea? E cosa ti ha fatto cambiare idea? Cosa?

– Non lo so. Il modo come lei trattava il povero Claus, come gli parlava. Non lo so. Ho cambiato idea e basta.

– Tu hai cambiato idea. E gli altri? Gli altri figli di vacca come te?

– Ho capito dove vuol arrivare, sergente. Ma nessuno al Pilastro avrebbe ucciso il povero Claus per timore che venisse a raccontarle qualcosa. Se si fossero accorti che era disposto a cantare con qualcuno di voi, con lei magari, gli avrebbero dato una lezione. Niente altro. Un sacco di botte e tutto sarebbe finito lí.

Sarti Antonio si rilassa. Torna al tavolo e cerca di calmarsi; cerca di convincersi che le parole di Giraffa non sono dettate dalla paura.

– Lo credo anch'io. Non si può ammazzare un povero ragazzo per questo. Non si può, Cristo. Bisognerebbe essere pazzi.

Per tutta la scena Felice Cantoni non si è mosso dalla porta. Guarda i due senza intervenire. Non saprebbe cosa dire.

Sarti Antonio sta meglio: si è tolto il peso che lo opprimeva da questa notte e può riprendere a parlare con una certa calma.

– Conoscevi bene il piccolo?
– Gli volevo bene.
– Aveva dei traffici?
– Il povero Claus è sempre stato un ragazzo lucido e a posto. Lucia, sua madre, gli voleva troppo bene per lasciarlo disarmato. Schifo! Se solo sapessi cosa dirle, sergente, crede che non lo direi?
– Ti credo. C'è qualcuno al Pilastro che se la fa con i ragazzini?

Giraffa non sembra disposto a parlare e allora Sarti Antonio continua: – Hai detto che volevi bene al piccolo.

– Sí, ma non posso dire altro.
– Perché?
– Perché non è possibile che sia come pensa lei.
– Tu devi solo rispondere alla mia domanda. Allora?
– C'è un tipo che in passato dava fastidio ai ragazzini.
– Chi?
– In passato, non oggi. Oggi non piú.
– Come puoi essere cosí sicuro?
– Lo abbiamo... Lo abbiamo punito. Quando ci siamo accorti che andava dietro le bambine e i ragazzini, lo abbiamo punito.
– Lo abbiamo? Chi?
– Io e qualche altro.
– Perché non lo avete denunciato?
– Sono affari nostri e ce li sbrighiamo noi.
– Chi sarebbe 'sto tizio?
– Federico Stiri. Al Pilastro lo chiamiamo Volata perché quando si accorge che qualcuno lo segue, parte

come un razzo e non lo si prende piú. Ci siamo messi in quattro per fermarlo quella volta. Ma non è stato lui. È cambiato e al Pilastro non muove piú un dito. Fuori, magari, ma da noi riga diritto.

– Fuori, magari... Ma che cazzo? i bambini di fuori non sono come i vostri?

Giraffa non gli risponde e allora Sarti Antonio conclude: – Va' fuori. Torna al Pilastro.

Fanciulli Odino detto Giraffa si avvia verso la porta e aspetta che Felice Cantoni gli lasci il passo. Si gira e dice: – Se imparo qualcosa, schifo!, vengo diritto a raccontarglielo, sergente. Il povero Claus non può finire cosí. Giuro che vengo a raccontarglielo.

Se ne va. Restiamo soli, senza niente da aggiungere, senza idee e senza volontà di fare. Poi Felice Cantoni rompe il ghiaccio: – Andiamo?

– Dove?

– A trovare quel tale: Federico Stiri.

– Andiamo pure, ammesso che serva a qualcosa.

Prima di uscire dalla Questura, Sarti Antonio passa a sentire cos'hanno da dire gli altri, ma non si arricchisce il quadro. Nessuno degli interrogati sa niente, nessuno crede che Claudio sia stato ucciso da gente del Pilastro, nessuno aveva motivo di farlo. Insomma il piccolo Claudio è morto e basta.

– Peggio della mafia. Mandateli tutti a casa.

– E poi?

– E poi niente, Cristo. Dove vuoi che li sistemiamo? A casa mia?

Sarti Antonio, sergente, va a chiudersi nel gabinetto della Questura: ha cominciato a soffrire dal momento che ha preso a schiaffi Giraffa.

Entriamo nel bar del Pilastro e non c'è un cane che si degni di voltarsi dalla nostra parte. Sarti Antonio va direttamente al banco e chiede: – Sai fare il caffè?

Il barista non risponde; alza le spalle.
- Fanne uno.
Quando lo assaggia, storce la bocca e dice: - È caffè?
Questa volta il barista risponde: - Se non le piace vada a farselo altrove.
- Sta' tranquillo che la prossima volta farò cosí. Chi di questi tuoi bravi clienti è Volata?
Ancora un'alzata di spalle e una risposta vaga: - Che ne so? Io non conosco nessuno.
Sarti Antonio, sergente, si volta ai clienti e dice, a voce alta: - Voglio parlare con Federico Stiri detto Volata.
Come se avesse parlato al muro. Solo un tipo, piccolo, direi minuto, dai capelli incollati alla testa con il Vinavil, ha una reazione, quasi per alzarsi. Ma poi si calma e continua a guardare i quattro al tavolino che si giocano un bicchiere.
Sarti Antonio va vicino al tipo e gli chiede: - Sei tu Volata?
Il magrolino annuisce e risponde con voce sottile che si adatta benissimo al suo fisico: - Sono io. E lei chi è?
I clienti devono essere abituati a scene del genere perché nessuno si occupa di lui e di Sarti.
- Vieni fuori.
Usciamo e Volata ci segue come un cagnolino. Fa quasi pena, poveretto.
Sarti Antonio lo fa salire sull'auto ventotto, al suo fianco, mentre Felice Cantoni fa partire il motore. Il tipo ha capito perfettamente con chi ha a che fare e non protesta quando l'auto parte verso la Questura.
- Conoscevi il piccolo Claudio?
- Chi non lo conosceva?
- Cos'hai da dirmi sulla sua morte?

– È per questo? Non ne so niente. Sono stato tutta la notte a giocare a carte con un amico.

– Adesso si chiama «giocare a carte»?

– Cosa vuol dire?

– Vuol dire che desidero incontrare quel tuo amico.

– Non è possibile.

– Allora ti porto dentro.

– Se vuole possiamo telefonargli. Ve lo confermerà lui. Ma non posso proprio dirvi il suo nome.

– Come vuoi: adesso ti porto dentro.

Volata comincia ad agitarsi: la prospettiva di passare una notte in cella non lo entusiasma.

È già buio quando la ventotto si ferma davanti alla Questura. Il giorno, un giorno da bestie, è passato in un baleno e nessuno ha fatto un solo passo avanti.

Felice Cantoni è stanco, ha fame, desidera andare a casa e lo dice: – Non è ora di chiudere bottega?

Sarti Antonio scuote il capo e Felice Cantoni continua: – Allora io porto dentro l'auto e tu resta quanto ti pare. Io ho una famiglia che mi aspetta, un piatto di minestra calda. Sono stanco: è dalle quattro di questa mattina che ti vengo dietro senza aprire bocca, senza protestare. Ho anche l'ulcera, e se non mangio poco e spesso sto male. Sento già i morsi allo stomaco.

– Va' a casa, va' dove ti pare!

Felice Cantoni salta sulla vettura borbottando fra sé: – Per quello che si prende di straordinario –. Piú forte, in modo che intenda anche Sarti: – E faresti bene a tornare a casa anche tu. Con la tua colite non dovresti...

– Non preoccuparti della mia colite. Pensa alla tua ulcera. E poi io non ho né una famiglia che mi aspetta né un piatto di minestra calda.

Siamo di nuovo nella stanza di poco fa e Sarti Antonio ricomincia stancamente la solita, snervante trafila: – Dov'eri questa notte, cosa sai del piccolo Claudio, perché lo hai ammazzato, cosa ti aveva fatto, come si chiama quel tuo amico delle carte...

E chissà cos'altro avrebbe ancora da chiedere se il piccolo, fragile Volata non si mettesse a piangere.

– Ecco... lo sapevo, lo sapevo che sareste arrivati a questo. Ma io non c'entro. Vi sbagliate e state perdendo tempo. Non potrei mai fare una cosa simile. Al piccolo Claus, poi...

– Telefona al tuo amico.

Gli mette in mano il microfono e aspetta che Volata faccia il numero. Ma il tipo non muove dito. Sta impalato, gli occhi pieni di lacrime, le guance bagnate e il microfono in mano.

– Allora?

Ancora niente. Si limita a guardare Sarti Antonio che, finalmente, capisce e si gira: – Fa' il numero: io non guardo.

Volata rimanda indietro il pianto, compone un numero e sfodera la voce più gentile e suadente del suo repertorio: – Pronto? Sono io... Non arrabbiarti, prego. Sí. Sono in Questura. Ascolta... No, no... Ascolta. Nessuno conosce il tuo numero, sta' tranquillo. Devi solamente dire al sergente... Adesso te lo passo. No, no, non attaccare. Vuoi che mi mettano in cella?

È patetico, poveretto. Va avanti ancora per un pezzo con le sue suppliche fino a che Sarti Antonio non si rompe e gli strappa il microfono: – Allora, dura molto la commedia?

Dall'altra parte non arriva una sillaba. Si sente solo il respiro affannoso di qualcuno piuttosto incazzato:
– Pronto.

Gli risponde un tono artefatto: – Chi è lei? Come si permette?

– Chi sono io? È il colmo. Ringrazia Cristo che non vengo a prenderti di corsa. Come la mettiamo?

– In che senso, scusi?

– Hai o no «giocato a carte» con Volata tutta la notte scorsa?

Volata sta facendo dei gesti a Sarti. Intanto arriva la risposta: – Chi è Volata? Non lo conosco.

Sarti Antonio al fermato: – Non ti conosce. Adesso come la mettiamo?

– Mi conosce come Ninni.

Di nuovo al microfono: – Mi dice il qui presente Volata che lo conosci come Ninni.

Dall'altro capo del filo non ci si preoccupa piú di contraffare la voce e la risposta arriva nervosa: – Va bene, va bene. Sono stato con lui tutta la notte. Va bene.

– Saresti pronto a sottoscriverlo?

Un lungo silenzio.

– Saresti pronto a sottoscriverlo?

– E perché dovrei?

– Perché se non lo fai, il tuo caro Ninni verrà accusato di omicidio.

– Mio Dio, è dunque tanto grave?

– Pare proprio. Allora?

– Sí, sí: sono pronto.

– Grazie, caro. Saluti alla signora.

Fine del colloquio. Sarti Antonio guarda il piccolo, caro ometto e non sa cosa dirgli. Ma poi decide: – Ninni, Volata o come diavolo ti chiami: va' a casa, mettiti a letto e reprimi i tuoi istinti almeno per qualche giorno.

Volata asciuga le lacrime con il palmo della mano: – Mio Dio, mio Dio, è terribile. Cosa sono costretto a fare.

– Anch'io, caro, anch'io. Se impari qualcosa farai bene a venire a trovarmi.

Non ho idea di cosa intenda fare adesso Sarti Antonio, ma spero sinceramente che decida di andare a dormire. Lo spero per lui e per me.

Non è così. Passa dal centralino.

– Chi ha chiamato?

Il centralinista gli passa un foglio. Nome: Anselmo; cognome: Di Chiara; abitazione: via Andrea Costa 127; telefonato alle ore: 22,15; durata della conversazione: tre minuti e trenta secondi; la telefonata è stata registrata: sí.

Sarti Antonio, sergente, mette in tasca il foglietto. Chiede ancora: – Sicuro?

Il centralinista non gli risponde. È ovvio.

Chiedo: – Adesso?

Mi guarda come se mi vedesse per la prima volta e mi sorride: – Adesso che?

– Adesso che si fa?

– Ti offro un caffè a casa mia. Un caffè come Dio comanda. Non sono riuscito a berne uno in tutta la giornata, Cristo.

6. Qualche novità, ma è un altro caso da archivio

Le cose vanno avanti come possono e le indagini restano al palo. Per la verità di notizie ce ne devono essere se Raimondi Cesare, ispettore capo, ha convocato tutti nel suo ufficio.
– Novità?
Silenzio da parte di tutti.
– Come supponevo. Pare che nessuno, è vero come si dice, abbia ucciso il Claudio Reni. Allora vi dirò io come, presumibilmente, sono andati i fatti.
Dal cassetto della scrivania mette sul tavolo una piccolissima scatola di metallo. La apre e indica, col bel dito disteso e accusatore, il minuscolo contenuto.
– Ecco l'arma del delitto –. I piú vicini alla scrivania devono sporgersi per distinguere un pezzetto di metallo schiacciato e contorto, ben sistemato nell'ovatta della scatolina. Qualcuno, piú presbite, deve mettere gli occhiali sul naso.
– Fate passare.
Quando la scatolina capita in mano a Sarti Antonio, riesco a vedere che il grumo di metallo non è altro che un pezzetto di piombo, un «piombino» di quelli che si usano per le carabine ad aria compressa nei baracconi del tiro a segno. Il piombino non ha piú niente della sua forma originale: è schiacciato, deformato, ma non ci sono dubbi sulla sua identità.
– Come avete potuto osservare, è vero come si di-

ce, si tratta di un proiettile uscito da una carabina ad aria compressa. Una carabina non molto comune in quanto, è vero come si dice, piuttosto potente e di notevole precisione, in grado di centrare un oggetto a venti, trenta metri di distanza. Questo proiettile è entrato nella nuca del ragazzo e ne ha provocato la morte immediata.

Raimondi Cesare aspetta di rientrare in possesso del piombino prima di riprendere il discorso.

– Mi pare che adesso, è vero come si dice, le cose siano notevolmente semplificate. Si tratta di trovare il proprietario di questa poco comune arma e procedere al suo arresto.

Sarti Antonio ha la maledetta abitudine di dire, quasi sempre, quello che gli passa per la testa. O meglio: ha la maledetta abitudine di pensare ad alta voce.

– Roba da niente. Andiamo al Pilastro e troviamo la carabina ad aria compressa. Quasi un gioco da ragazzi.

– Non ho detto, è vero come si dice, che sia un gioco da ragazzi. Ho detto che le cose si sono semplificate. O preferivi che il ragazzo fosse stato ucciso con una rivoltella qualsiasi, una di quelle che si trovano in tasca a tutti?

Sarti Antonio, sergente, vorrebbe rispondere che avrebbe preferito che il ragazzo non fosse stato ucciso, ma si limita a tacere, anche se il Raimondi aspetta una sua battuta.

– Non credo ci siano molte carabine al Pilastro. E se anche ci fossero, ne troverete una sola capace di tanta potenza e precisione.

– Dovremo frugare in tutte le abitazioni.

– E voi fatelo. O pretendi, Sarti Antonio, che lo faccia io?

– Non è questo. Io sono convinto che, se anche

quella carabina appartenesse a qualcuno del Pilastro, adesso non la troverebbe nemmeno Cristo.

Raimondi Cesare, ispettore capo, respira profondamente, appoggia i pugni sul tavolo, raccoglie le idee e ricomincia.

– Come avete inteso, il nostro caro Sarti Antonio non ha eccessiva fiducia nei vostri mezzi e neppure nei suoi. Per i suoi, è vero come si dice, nessuno meglio di lui può saperlo –. Si rivolge direttamente a Sarti. – Non pretendo che tu trovi la carabina sul tavolo di cucina, ma sono sicuro, è vero come si dice, che se ne possano trovare le tracce. Qualcuno l'avrà veduta, qualcuno l'avrà comperata, qualcuno l'avrà usata prima del delitto. Si tratta di chiedere, è vero come si dice, di far parlare chi sappiamo noi, di indagare soprattutto. E non dimentichiamo, caro Sarti, che tu dovresti conoscere bene il Pilastro. Dovevi essere da quelle parti quando è accaduto il fatto.

Questo discorso non doveva farlo. Sarti gli risponderà duro. Mi sbaglio. Si limita a dire, sottovoce: – Per la verità io facevo il turno di giorno e il ragazzo è stato ucciso nella notte.

– E comunque non ti sei accorto di niente. Al Pilastro ne succedono di tutti i colori, di notte e di giorno, e tu mi porti dentro un ladro di automobili.

– Porto dentro quello che trovo.

– Non ne dubito, non ne dubito. Dunque, buon lavoro a tutti e vediamo di smentire, è vero come si dice, questi giornalisti sovversivi.

Adesso dovrebbe scattare un'operazione in grande stile: un esercito di questurini dovrebbe circondare il Pilastro in modo da non lasciar uscire neppure un gatto; un altro esercito dovrebbe riversarsi nelle strade, per le scale, negli appartamenti e setacciare l'intero quartiere. Naturalmente ogni questurino sarà in divisa e tirato a lucido, armato di mitra per ogni evenienza, dovendo trattare con dei tipi come quelli del Pilastro.

Adesso scatta l'operazione, non so quanto in grande stile.

– Chi vuole andare?
– Vado io con tre uomini.
– Ti bastano?
– E quanti ne dovrei portare?
– Vedi di non metterci un mese.

Mentre l'auto della Questura con quattro uomini a bordo, in borghese, si dirige verso il Pilastro per setacciarlo da cima a fondo, Sarti Antonio, sergente, monta sulla ventotto, saluta cordialmente Felice Cantoni, agente, e gli chiede: – Dormito bene? Come va l'ulcera?

– Da cani il dormire e peggio l'ulcera. È il caldo.
– Mi fa piacere. Andiamo in via Andrea Costa 127.

Mentre viaggiano, Felice Cantoni cerca un modo qualunque per attaccare discorso.

– Sei incazzato con me?
– Ti sembra?
– Per ieri sera. Ero stanco, non ne potevo piú ed ero nervoso.
– Non ci pensare.
– Va tutto bene?
– Figurati. Quando mai va tutto bene?
– Ci sono novità?
– Non arriveremo a capo di niente. E sai perché? Perché non c'è un motivo qualunque, un motivo plausibile per l'assassinio di quel povero ragazzo.
– Hai parlato con la madre?
– E chi ne ha il coraggio? Dovrò farlo un giorno o l'altro.

Al civico numero 127 di via Andrea Costa c'è una

bella villetta isolata dai grandi fabbricati che costeggiano la strada. È distante dal traffico e per raggiungerla si deve percorrere un lungo viale alberato, sbarrato da un cancello in antico ferro battuto. La villetta, piccola e a un solo piano, è in mattoni a vista, ha quattro gradini davanti alla porta e un bel po' di parco attorno. Ha anche due bellissimi esemplari di dobermann con tanto di denti regolamentari in bella mostra e relativo collare chiodato. Due esemplari che non si prendono neppure il disturbo di abbaiare: si limitano a osservare con un certo interesse i polpacci di Sarti Antonio, sergente, e di Felice Cantoni, agente.

– E chi ha il coraggio di entrare?

Felice Cantoni gli risponde: – Non ti faranno paura due cuccioli?

– Sí, mi fanno paura quei due cuccioli. Ho sempre avuto paura dei cani, fin da piccolo. Non li posso soffrire. Quelli poi...

– Quelli non farebbero male a una mosca.

– Io non sono una mosca.

Felice Cantoni, agente, spinge il cancelletto pedonale, anch'esso in antico ferro battuto, e mette dentro il piede destro. Lo ritira sveltamente non appena i due esemplari gli mostrano i denti e cominciano a ringhiare. Dice il Felice: – Non sono simpatici. Meglio suonare.

– Credi che la musica li calmi?

Felice Cantoni non afferra la battuta: – Come?

– Niente. Non vedo campanelli da queste parti.

Guardano in giro ma pare proprio non esista la possibilità di avvertire il proprietario della villa sull'intenzione dei visitatori di entrare.

– Come si entra?

– Non si entra. Anselmo Di Chiara, il proprietario, non ama le visite. Sai che ti dico? Aspettiamo che esca.

Tornano a sedere sulla ventotto e aspettano i co-

QUALCHE NOVITÀ, MA...

modi dell'egregio signor Anselmo Di Chiara il quale, a quanto pare, non ha nessuna voglia di uscire di casa. Almeno per il momento.

Passa un'ora, passa un'altra ora e poi ne passa ancora un'altra e i due esemplari di dobermann sono sempre piantati davanti al cancello e continuano a guardare l'auto ventotto.

– Ho ragione io: i cani sono brutte bestie. E i padroni dei cani, brutte persone. Hanno qualcosa da temere. Qui facciamo notte.

– Allora?

– Non so. Te la senti di entrare là dentro?

Felice Cantoni scuote il capo.

– E neppure io.

– Perché non lo convochi in Questura? Non si porterà i cani dietro.

– Ma che bella idea! Non ci avevo pensato. Con quale motivazione lo convoco?

– Accertamenti.

Sarti Antonio ne ha le tasche piene di questa stupida attesa e pare deciso ad andarsene. Poi, di colpo, quasi qualcuno li avesse chiamati altrove, i due esemplari di dobermann mostrano il sedere e partono di corsa verso la villetta. Spariscono alla vista.

Sarti Antonio guarda Felice Cantoni e chiede: – Ora ci proviamo?

Felice non gli risponde ma scende e si avvicina al cancello. Cerca di scoprire fra gli sterpi e i tronchi del parco un segno di vita canina. I due esemplari sono spariti. Anche Sarti lo raggiunge e apre il cancelletto pedonale. Aspetta: niente. Mette dentro il piede destro: ancora niente. Il sinistro: niente. A Felice Cantoni: – Io ci provo. Vieni?

– Aspetto qui.

– Ma se non fanno male a una mosca.

– Lo so. Aspetto qui nel caso dovesse tentare la fuga.
– Chi dovrebbe tentare la fuga?
– L'indiziato. Il regolamento parla chiaro: «Precludere ogni possibile via di fuga all'indiziato».

Sarti Antonio lascia Felice Cantoni, agente, a precludere e si avvia alla villetta. Non mi resta che seguirlo, e visto che lui ci prova, non posso tirarmi indietro io.

Teniamo gli occhi aperti.

Il cancelletto pedonale che avevamo lasciato aperto, per ogni evenienza, si chiude con uno scatto.

Sarti Antonio torna di corsa e cerca di aprirlo. Il maledetto non cede.

– È rimasto aperto fino a pochi secondi fa, Cristo.
– Adesso è chiuso.
– E se arrivano i cani?
– Ci arrampichiamo sul cancello. Andiamo avanti?
– Sei tu il capo.

Lo seguo. Arriviamo ai quattro gradini senza altri incidenti. Soprattutto senza che i due esemplari di dobermann si facciano vedere.

Anche la porta, come già il cancello, è aperta e basta che Sarti Antonio la tocchi che si apre, delicatamente. Mi aspetto di sentirla cigolare come in un giallo che si rispetti.

Un corridoio in discreta penombra ci impedisce di vedere dentro.

– Entro?
– Non sei venuto per entrare?

Lo seguo, maledetto me. Sarà un mestiere di merda quello di Sarti Antonio, ma il mio non è da meno. Eppure si deve mangiare. Mi chiedo come sarebbe questo mondo se nessuno avesse necessità di carattere economico.

– Sarebbe meraviglioso.
– Cosa?

- Niente. Va' avanti.
- Comoda la vita, eh?

Gli risparmio una risposta piuttosto acida. Gliela risparmio perché dal corridoio in penombra arriva una voce: - Si accomodi, prego. La stavo aspettando da questa mattina.

Entriamo e, secondo la consuetudine e come già per il cancello, la porta si chiude alle nostre spalle con un secco, immancabile scatto metallico che mette un brivido. Per ora il brivido è solo nostro. Mio e di Sarti.

- Avanti, avanti. Credo proprio di sapere a cosa devo l'onore.

Sarti Antonio mette la testa in una stanza a lato del corridoio e scopre un bel tipo di uomo anziano, elegante nel vestire e nel comportarsi, sprofondato in una bella poltrona di pelle scura. Al suo fianco, seduti su un tappeto alto tre dita, i due esemplari di dobermann, docili come gattini.

- È permesso?
- È già entrato, signore. Non si faccia scrupolo, la prego.

Sarti Antonio non si fa scrupolo e posa le scarpe sullo spesso tappeto. Il bel vecchio alza il sedere dalla poltrona di cuoio e va a incontrare Sarti Antonio. Si presenta: - Anselmo Di Chiara.

- Molto lieto. Sarti Antonio.
- Della Questura?
- Della Questura.
- E lo dica, perdiana. Non c'è da vergognarsi. Mestiere onesto, pulito, moderno.
- Insomma.
- La prego, si accomodi. Posso offrirle qualcosa? Un sigaro, un bicchiere?
- Grazie: non fumo e non bevo.

– Perdiana, che carattere! Complimenti. Non le dispiacerà se lo faccio io?

Sarti Antonio non risponde anche perché il bel vecchio si è acceso il suo sigaro senza aspettare autorizzazioni di sorta. La prima voluta di fumo azzurro naviga nell'aria fresca della stanza, verso il naso arricciato di Sarti Antonio, sergente.

In casa propria ognuno è padrone di appendere alle pareti quello che desidera, ma il bel vecchio ha dei gusti per lo meno particolari.

Una serie di stampe in bianco e nero: una coppia di giovinetti in pose statuarie.

– Cosa vuol sapere da me? Se si tratta del buon Federico, che lei chiama Volata, ebbene, sí, è stato da me tutta la notte. Ognuno ha le proprie debolezze, caro signore. Del resto le avevo già confermato telefonicamente questo particolare. Ma pare che lei ne desideri altri.

Non credo proprio che Sarti Antonio abbia necessità di particolari di quel tipo. Risponde: – Vorrei sapere se conosce il Federico Stiri da molto tempo.

Il buon vecchio fa un cenno con la mano come per dire che lo conosce da tanto tempo che quasi non ricorda piú quanto.

– Gliel'ho detto: ognuno di noi ha i propri vizi e le proprie debolezze. Anche lei ne avrà qualcuna, spero.

– Non lo so. Non me lo sono mai chiesto.

– Male, caro signore, male. Come può togliersi certe soddisfazioni se non interroga se stesso sui suoi desideri?

Un discorso che non fa una grinza.

– Io vorrei ancora sapere come mai un signore come lei può frequentare un tipo come Federico Stiri detto Volata. Perché è disposto a coprire il suo tempo. Io non credo sia veramente stato da lei.

– E sbaglia. Io non lo copro affatto, caro signore.

Il caro Federico è stato da me tutta la notte. Avrei preferito non si sapesse, ma pare non sia stato possibile.

– Non è proprio stato possibile. Si figuri, caro signore, che potevamo accusare quel caro Federico di omicidio. Se non fosse stato per lei. Omicidio nella persona di un bambino di undici anni.

Il buon vecchio porta le due mani al viso e rimane immobile per alcuni istanti. Mormora: – Dio, Dio, che orrore! Un bambino. Mi chiedo come si possa far del male al tenero corpo di un bambino.

– Ce lo siamo chiesto tutti, signor Di Chiara, e io sto cercando di capirlo.

– Allora mi permetto di avvertirla che è sulla strada sbagliata, caro signore. Conosco il povero Federico e le assicuro che sarebbe incapace di far del male a un bambino.

– Le mie informazioni erano diverse.

– Federico è un galantuomo.

– È proprio dai galantuomini che vengono le sorprese piú sorprendenti.

– Sarebbe a dire che mette in dubbio la mia parola?

– Sarebbe a dire... – Non finisce perché gli capita di guardare verso i due esemplari di dobermann. Cambia discorso. – Allora lei è disposto a testimoniare che Federico Stiri detto Volata ha passato da lei tutta la notte fatale, che non si è allontanato di qui un solo momento e che...

Il buon vecchio lo interrompe: – No, no, caro signore. Io non debbo testimoniare proprio niente. Se lei vuole può fidarsi di me e di quanto le ho detto; se non vuole, dimostri pure il contrario. E adesso mi scusi, signore, ma ho da fare.

Il suo tono è improvvisamente mutato e da cordiale che era è divenuto freddo e distaccato. A Sarti Antonio non resta che togliere il disturbo.

Esce e i due esemplari di dobermann gli trottano dietro in silenzio fino al cancello. Appena uscito, si siedono sulla ghiaia del viale e osservano l'auto ventotto che si allontana lentamente. Guardo dal lunotto posteriore e mi appaiono come due statue di marmo nero.

– Non ci capisco piú niente. Quel vecchio mi ha... mi ha... Che ne so? Andiamo in Centrale.

Una giornata tanto inutile, difficilmente si ripeterà nella storia della Polizia locale. Negli uffici della Questura circolano questurini abbattuti, dai volti seri e depressi, dagli umori neri.

Raimondi Cesare, ispettore capo, tiene il viso sprofondato nelle carte sparse sulla scrivania.

Sarti Antonio chiede in giro: – Avete trovato qualcosa?

– Quelli non sono scemi. Quelli sono peggio della mafia. Nessuno sa niente, nessuno ha visto niente, nessuno ha sentito niente.

– E la carabina?

– L'abbiamo trovata. Ti piace?

Gli mettono in mano una carabina ad aria compressa lunga sí e no trenta centimetri che, a dir molto, riuscirà a bucare una carta velina, se la carta velina viene appoggiata direttamente alla canna. Sarti Antonio si arrabbia: – Mi prendete per il culo? Con questa non si ammazza una formica.

– Non ti prendiamo per il culo: sono loro che prendono per il culo noi. Al Pilastro nessuno ha mai visto altro che questa carabina ad aria compressa. E ti dirò che il bambino al quale l'ho strappata si è messo a piangere.

La giornata, cominciata male nell'ufficio di Raimondi Cesare, finisce peggio, sempre nell'ufficio di Raimondi Cesare.

– Vorrei che qualcuno di voi, è vero come si dice, mi spiegasse come può sparire una carabina senza lasciare tracce. Vorrei sapere se ritenete possibile, è vero come si dice, che nessuno, dico nessuno, abbia notato in giro quella maledetta carabina. O siete coglioni o vi fanno –. La sua voce aumenta di volume. – Il fatto è che non sapete fare il vostro dovere, il vostro, è vero come si dice, mestiere. Si è guardato nei campi vicini? Si è frugato nelle fogne? Si è indagato presso gli armaioli della zona e della città? Si è interrogato chi si doveva? Si sono messi sottosopra cantine, solai, camere da letto?

In silenzio, com'erano entrati, i signori lasciano l'ufficio.

– Lei no, Sarti Antonio. E chiuda la porta, per favore.

Sarti Antonio esegue e aspetta il seguito.

– Vorrei mi dicesse cosa c'entra il commendator Anselmo Di Chiara in questa storia e vorrei, è vero come si dice, che lei fosse sufficientemente esauriente perché in caso contrario...

Aspetta i chiarimenti di Sarti Antonio che arrivano, esaurienti quanto possono essere esaurienti i chiarimenti di Sarti Antonio.

– Per una serie di fortunose coincidenze, sono venuto a conoscenza che il Di Chiara ha avuto rapporti piuttosto intimi con un indiziato...

– Il cavaliere Di Chiara non può essere in nessun modo immischiato in questa brutta storia. Lei sbaglia, sergente, lei sbaglia come al solito. Vada pure.

Inutile ricordargli qui e adesso che poco fa il Di Chiara era commendatore e non cavaliere. Come è inutile ricordargli le molte brutte figure che Sarti Antonio ha evitato proprio a lui, a Raimondi Cesare. E neppure i molti, molti casi felicemente risolti proprio grazie a lui, a Sarti Antonio, sergente.

Ma sul bene cala rapidamente l'oblio mentre si ricorda, si direbbe in eterno, il male. Come la storia delle tre monete rare che sembra ormai segnare con un marchio d'infamia la carriera presente, passata e futura del Sarti Antonio, sergente.

Raimondi Cesare ripete: – Vada pure, sergente.

E Sarti Antonio va.

Non ha idea di dove. Anche perché di tornare a casa non se la sente. Perde tempo davanti alle edicole dei giornali, ripercorre le stesse strade, rivede le stesse cose e non decide.

Ma lentamente si distende; la città gli fa questo effetto, soprattutto di sera. E lo capisco dal suo viso. Si rilassa e riesce a non pensare a niente.

Le strade sono deserte e il caldo afoso della giornata è un po' diminuito. Nei vicoli stretti e bui del centro storico dove il sole non entra che per poche ore al giorno, c'è fresco. Verrebbe voglia di sedere sui gradini di casa e discutere con qualcuno che siede sui gradini della porta accanto. Le automobili passano lontane e il loro rumore arriva appena udibile. Si respira un'aria diversa e tutto ciò grazie agli enormi «fitoni» in arenaria posti all'imbocco delle vie del centro storico.

Non ci si stupirebbe di incontrare un cavallo, zoccolante sui ciottoli arrotondati della via.

Una civiltà d'altri tempi che non si sa bene se rimpiangere o rinnegare.

I pensieri passano e si accavallano senza ordine, allo stesso modo che portici bassi si accavallano con arcate alte e snelle, facciate importanti e pretenziose con altre piccole e strette ma sempre dignitose, antiche come il colore che le tiene unite.

Dalle finestre aperte arriva il rumore di gente a tavola, di televisori accesi, di bambini che ridono o piangono. Rumori di una vita che pare fuggita dalle strade per chiudersi fra vecchie mura fresche di una città che non sai se vecchia o nuova.

E viene il rimpianto per non avere un posto qualunque, un posto come quelli, una sedia impagliata, dove chiudere la giornata schifosa di un mestiere schifoso.

O è solamente l'illusione di una tranquillità e di una intimità che non possono esistere in un'epoca come questa.

Pensieri che arrivano, passano, spinti fuori da altri piú caotici e piú impellenti. Inutili gli uni e gli altri.

C'è una verità a due passi: dentro i televisori, nella mente di tutti, nei cinema, nelle case d'appuntamento, nei ghetti, al Pilastro, fra le puttane di Porta Mascarella...

«Verità di merda». Che non lascia scampo a nessuno, che rotola di nuovo fuori dalle case per riempire le strade e renderle penose, inavvicinabili, inabitabili.

Non si sa bene cosa.

Appena si esce dai vicoli, ecco ventate afose, soffocanti... e anche questa è verità. Di asfalto bollente, di automobili, di gente che puzza, di casino.

«Verità di merda».

E allora cerchi scampo. Dove, non lo sai. Ci arrivi per caso. O cosí ti pare.

Sarti Antonio si trova in Santa Caterina, davanti alla porta di Rosas.

Dal lungo corridoio buio arriva, fin sotto il portico, un odore di umidità e di muffa che però non ti respinge. In mezzo alla strada, due gatti si guardano in silenzio. Dalle finestre spalancate sotto il portico esce l'incomprensibile fischiettare, assieme al buio di una stanza mai neppure sfiorata dal raggio del sole.

Da qualche parte, in quella stanza, gli occhi miopi di Rosas fissano qualcosa di importante: niente.

Sarti Antonio appoggia il viso all'inferriata e cerca di scorgere in quel buio, appena rischiarato dal riflesso della luce stradale, la sagoma dei mobili.

Niente altro.
– Vuoi un buon caffè, sergente?

Aspetta ancora un poco prima di decidersi e entrare. Quando lo fa, non vede dove mette i piedi ma ricorda perfettamente dove andare per trovare una sedia.

– Non si potrebbe accendere una luce?

– Per farne che? Conosco tutto e non mi serve vedere. Si riposa meglio e si pensa meglio.

– Capirai. Devi avere grandi pensieri, tu.

– Ha parlato un questurino. Se vuoi un buon caffè, va' in cucina e preparalo.

Sarti Antonio non se lo fa ripetere e un paio di minuti piú tardi l'umidità, l'odore di muffa della stanzetta sono pieni del buon aroma. Ritorna da Rosas e accende la luce: non è cambiato niente dall'ultima volta. I soliti libri gettati ovunque, fogli di carta sparsi per terra e sul tavolo, un lettino disfatto e quattro sedie attorno al tavolo. Il solito Rosas, i suoi occhiali dalle lenti spesse appoggiati sul pavimento vicino al letto, una grossa sveglia che riempie il silenzio con il rumore dei suoi secondi.

– Pensavi fosse cambiato qualcosa?

– Niente. Bevi.

Gli porge la tazzina. Rosas si alza a sedere sul lettino, mette gli occhiali sul naso, prende la tazzina e aspira il profumo che ne esce.

– Dev'essere un ottimo caffè.

– Puoi dubitarne?

Nel meraviglioso silenzio di via Santa Caterina, nella tranquilla e umida frescura della sera, i due vuotano lentamente le tazzine. Con calma, come se fuori da quella camera non esistesse niente di importante.

– Si sta bene qui da te.

– Non si sta bene in nessun posto e si sta bene dappertutto.

Rosas si toglie gli occhiali e li rimette sul pavimento assieme alla tazzina vuota. Si sdraia ancora sul lettino sfatto.

– Cosa ne diresti di spegnere, adesso?

Sarti Antonio, sergente, porta in cucina le due tazzine e, rientrando, spegne la luce. Per un po' l'oscurità è grande, ma poi dalla finestra entra il chiaroscuro della strada attutito dalle arcate del sottoportico e dai pilastri. Rosas parla sottovoce, sullo stesso tono di quel chiaroscuro.

– C'è qualcosa di nuovo?

– Un sacco di merda. Non riesco a girarmi da nessuna parte senza sporcarmi di merda. È il mio destino.

– È il destino di tutti.

– Mi chiedo come si riesca a sopportarlo. Non conosco niente che sia pulito e non conosco una via d'uscita.

– Eppure c'è.

– Lo credi tu, ma è tutto da dimostrare.

– Si potrebbe almeno provare.

Un lungo silenzio. Poi Sarti riprende a parlare con se stesso, com'è sua abitudine.

– Appena si accorgono che ti interessa qualcosa, fanno di tutto per toglierti l'illusione che questo tuo interesse serva a farti vivere un po' meglio. Non riesco a capire con chi ce l'abbiano: se con me o con tutti. Trovo un motivo, uno qualsiasi, allungo la mano e la ritiro piena di merda. E succede da quando ho cominciato a capire. Prendi quel povero Claudio: che bisogno c'era? Che bisogno c'era?

Sarti Antonio trova che pensare ad alta voce è piú produttivo, piú completo e non sfugge nulla.

– Avete scoperto niente?

– Niente di niente. Finirà che Claudio è morto e basta.

Rosas respira forte e dice: – Da qualche parte ho

letto che non succede mai niente in questa società che non segua un disegno preciso.

– Che disegno può esserci dietro la morte del piccolo Claudio?

– Non lo so. Bisognerebbe cercare.

Sarti gli risponde immediatamente: – È quello che ho fatto fino a oggi.

– Tu sei molto superficiale: ti fermi alla sovrastruttura senza arrivare alla struttura vera delle cose.

Sarti Antonio diventa impaziente.

– Fallo tu allora, visto che capisci le cose meglio degli altri.

– Non è il mio mestiere.

– Per questo ti va bene che tutto resti cosí com'è? Che l'assassino di quel ragazzo giri tranquillamente per le strade come se niente fosse accaduto?

Rosas gli risponde con voce sempre piú bassa: – Ci sono parecchie cose che bisognerà cambiare prima o poi, e la morte di quel ragazzo non è la piú grave.

– Per te –. Sarti Antonio non sopporta il tono di Rosas e si arrabbia. – Risposta piuttosto comoda.

– Se credi.

– Lo credo sí, Cristo.

Non c'è piú niente da dire fra loro e il silenzio torna dalla strada fin dentro la camera.

Qualcuno alla fontana fa scorrere acqua; poi, neppure piú quel rumore.

Rosas chiude il discorso. – Finirà come al solito: un altro caso da archiviare.

7. Tutto normale

E Rosas ha perfettamente ragione: il caso è da archiviare. Un bambino in meno, una donna piú sola e un altro assassino in giro per il mondo. In definitiva l'equilibrio della società non è stato alterato: le donne continuano il consueto casino sul problema dell'aborto, l'autogestione del ventre, un posto che conti in una società che conti, il diritto al lavoro, la parità del trattamento.

– A tutte le auto. A tutte le auto. Portarsi in piazza Maggiore. Un corteo di donne, non autorizzato, sta dirigendosi verso il centro e si ha motivo di ritenere che sorgeranno difficoltà per il traffico e tafferugli fra opposte fazioni di estremisti. Mettersi a disposizione del commissario della Politica che si trova già sul posto. A tutte le auto...

– Auto ventotto ricevuto. Dirigiamo verso il luogo segnalato –. Sarti Antonio chiude e bestemmia: – Ci volevano anche le donne adesso a fare un po' di casino. Quasi non ce ne fosse abbastanza.

Felice Cantoni, agente, si trova invece nel suo ambiente: attacca la sirena, innesta la marcia bassa e parte a razzo. Il suo viso esprime la gioia di vivere e il piacere di una corsa autorizzata nel caotico traffico della periferia.

– Cosa ci sia da ridere, non lo capisco proprio.

Glielo spiega Felice Cantoni: – Ci si stanca a fare

gli autisti. Ogni tanto fa bene sgranchire le ruote. E l'auto ha bisogno di una lubrificata veloce.

– Va' piano, che tardi non arriveremo.
– Ci sarà da divertirsi.

Ma sbaglia, perché non c'è niente di divertente in un corteo di donne con tanto di slogan e di cartelli. Soprattutto se quelle donne fanno sul serio e sono cattive come belve.

Piazza Maggiore è già piena e le maledette hanno adottato una tattica produttiva: sono divise in gruppi e ogni gruppo ha una propria autonomia di movimento per cui non si sa esattamente quali siano le intenzioni dei vari gruppi.

Sono già arrivate anche parecchie auto della Polizia, ma è piú il casino che l'utilità.

Per il momento le donne si limitano ad ascoltare quello che una di loro ha da dire alle altre. Dai gradini di San Petronio alcuni giovani, di chiara tendenza politica, si divertono a sfottere le ragazze che, invece, fanno sul serio.

Un gruppo di donne si dirige verso il Comune per conferire con il signor sindaco: chissà cos'avranno da dirgli? Gli uomini della Politica si affrettano a chiudere il varco proprio mentre un altro gruppo di femministe parte verso la Prefettura per conferire con S. E. il prefetto: chissà cos'avranno da dirgli?

Gli agenti tamponano alla meglio tutti i fori, ma non può durare a lungo anche perché un altro gruppo è salito di corsa verso la chiesa di San Petronio, forse per conferire con il santo.

In tutto quel maledetto correre, Sarti Antonio, sergente, non sa da che parte voltarsi. E poi per far che? Per prendere a botte quattro bambine che avranno sí e no sedici anni. Non se la sente.

Felice Cantoni gli chiede: – Che si fa?

– Non lo so. Tu che faresti?
– Ne scoperei un paio.

Il commissario della Politica urla come un matto in tutto quel casino, ma nessuno lo ascolta: né i suoi uomini, né le donne. Sarti Antonio, sergente, rinuncia a capirci qualcosa.

– Vadano dove vogliono.

Quelle sanno perfettamente dove andare: in chiesa. E, gruppo dopo gruppo, ci riescono, senza smettere di urlare i loro slogan e di cantare le loro canzoni sull'autogestione.

A questo punto è chiaro che non è piú il caso di scherzare: la chiesa è una cosa seria. Cosí arrivano alcune camionette di poliziotti della Celere equipaggiati per la lotta di prima linea. Dentro, in chiesa anche loro.

I giovani che sfottevano le ragazze dai gradini di San Petronio adesso si sono spostati sotto il Voltone del Podestà e fanno il tifo per le ragazze.

Sarti Antonio riesce appena a veder volare le prime legnate all'interno della chiesa. Gli passa vicino il commissario della Politica che gli urla: – Che cazzo fai?

– Non lo so!

– Va' a metterti con gli altri in borghese davanti al Comune e lascia che se la sbrighino i giovani della Celere. Non stare fra i piedi, muoviti!

Sarti Antonio esce di corsa, confuso assieme alle ragazzine che sgombrano la chiesa: c'è sangue sul pavimento di marmo e sulla scalinata.

Sarti Antonio scende piú veloce che può la scalinata, quando qualcuno lo afferra per le spalle e lo ferma. Si volta già spiritualmente disposto a prendersi una legnata sulla fronte ma si trova, a due dita dal naso, la faccia miope di Rosas.

– Sergente, sei qui per i tuoi problemi di coscienza?

Sarti gli urla: – Cosa ci fai?

– E tu?

Una valanga di ragazze li divide. Ai piedi della gradinata, Felice Cantoni, agente, seduto sull'ultimo scalino, si tiene la testa con le mani e si lamenta: – Che botta! Dio, che botta!

Sarti Antonio lo solleva di peso mentre quello continua la sua litania: – Lasciatemi morire in pace... Dio, che botta. Lasciatemi... Non ce la faccio a reggermi. Dio, che botta. Che siano maledette...

Lo sorregge come può e lo porta verso l'auto ventotto. Lo sistema sul sedile posteriore: il sangue esce dalla fronte di Felice Cantoni, filtra attraverso le dita e sporca l'interno della vettura. Felice Cantoni è pieno di problemi: – Che massacro... Adesso sporco tutta la tappezzeria... Che botta. Muoio.

– Piantala un po' e dimmi dov'è la chiave.

– Quale chiave?

– La chiave di casa tua! Che chiave mi serve per mettere in moto?

Felice Cantoni cerca nelle tasche con la destra sporca di sangue: – Ecco, cosí sporco anche i calzoni messi questa mattina. Ne sentirò due da mia moglie. La chiave? Dove l'ho messa? Dio, che botta. Eppure l'ho tolta quando siamo arrivati e l'ho messa in tasca. Adesso sporco tutto di sangue. Dov'è la chiave? Che botta.

Sarti Antonio riesce a portare l'auto ventotto fuori dalla piazza, attacca la sirena e punta sull'ospedale Maggiore.

– Questo cesso di automobile! Quando hai bisogno che vada veloce non si muove. Questo cesso!

– Non è un cesso: prova a mettere la quinta.

– C'è anche la quinta? E dove la trovo?

– Come si fa a non conoscere... Dio, che botta.

– Si può sapere com'è successo? Sta' calmo, che non è grave.

– Come puoi dire che non è grave? Guarda quanto sangue sto perdendo. Morirò dissanguato. È grave, gravissimo.

– Ma com'è successo?

– Che ne so? Me ne stavo a guardare tutti quei culi che salivano le scale quando qualcuno mi ha colpito con l'asta di un cartello. Proprio sulla fronte. Dio, che botta.

– E tu ne volevi scopare un paio, pensa un po'. La scopata l'hai presa tu questa volta: sulla fronte.

– Se mi capita fra le mani... Se mi capita fra le mani...

– Allora hai visto chi ti ha colpito?

– Ho visto sí. Che botta.

– La conosciamo? È una delle solite?

– È stata una... Se mi capita fra le mani, quella maledetta...

– Sapresti riconoscerla?

– Credo di sí.

– Allora è fatta: quelle matte sono tutte schedate. Andiamo in archivio e la troviamo di sicuro. Sporgiamo una bella denuncia contro di lei per lesioni, resistenza e per...

– Per niente. Meglio di no.

– Meglio di no cosa?

– È una questione privata. La risolvo io.

Sarti Antonio, sergente, crede di aver capito il senso della situazione. E anch'io.

– Maledetto stronzo! Le hai toccato il culo e quella si è rivoltata. Maledetto stronzo! Ti sta come un vestito nuovo. T'immagini la denuncia che dovresti fare? «Mentre toccavo il culo dell'imputata, questa, con scarso spirito di collaborazione, mi colpiva in fronte...» Ci sarà da ridere.

– E chi sporge denuncia?

Felice Cantoni, agente, lascia perdere il discorso e riprende il lamento funebre. Continua pure a tenersi il capo con le mani: – Che botta. Sto per svenire: sento che sto per svenire. Ma quando si arriva a quest'ospedale?

Non c'è altro da aggiungere: tutto ha ripreso il suo corso normale.

8. Sarti Antonio e le decisioni eroiche

Capita che Sarti Antonio non si trovi a proprio agio senza il Felice Cantoni, agente, al volante dell'auto e capita che l'auto che gli hanno assegnato non gli vada come la ventotto.

Sarà che ha già fatto l'abitudine a Felice Cantoni e al sedile della ventotto o sarà che il nuovo agente fuma una sigaretta dopo l'altra.

– Non credi che alla fine ti ridurrai i polmoni come una canna fumaria?

– Cosa vuoi che faccia un giorno intero qui dentro?

– Quello che faccio io.

– Cioè niente.

– Niente? Io penso.

– Continuamente?

– Continuamente. Perché, ci sono difficoltà?

– Nessuna: si fa per dire –. Getta il mozzicone dal finestrino e si accende un'altra sigaretta. Sarti Antonio preferisce dedicarsi al paesaggio circostante e cerca di tenere il naso fuori dall'auto. Ma l'agente ha qualcosa da dire e lo distrae dai suoi pensieri.

– Non ti ho mai chiesto se ti ha poi trovato.

– Chi?

– Quel ragazzo. Ti ha trovato?

Sarti Antonio non ha ancora capito bene come stanno le cose e dice: – Vuoi chiarire meglio, per favore?

L'agente che gli sta al fianco aspira voluttuosamente

una boccata di fumo e Sarti Antonio ha l'irresistibile impulso di tossire per lui. Si trattiene e ascolta.

– Lo sai che io sono d'emergenza? Quando qualcuno manca lo sostituisco. Sono il giolli della situazione –. Ride l'incosciente.

– Va' avanti.

– Sí. Ero di servizio al Pilastro quando quel ragazzetto mi viene vicino, apre lo sportello della vettura come se fosse a casa sua, ma appena si accorge di me rimane male. Non si aspettava di vedere un viso nuovo. Gli chiedo cosa vuole e quello mi domanda di te. Gli rispondo che fai il turno di giorno e quello è sempre piú scocciato. «Cosa vuoi da lui?» gli faccio. «Niente, niente. È una questione personale». Richiude lo sportello e se ne va. Ci ripensa, torna indietro e mi dice: «Di' al mio amico Sarti Antonio che ho qualcosa da fargli vedere. Qualcosa che gli farà molto, molto piacere». Dice proprio cosí: molto, molto piacere. Riprende la corsa e sparisce dietro l'angolo.

L'agente aspira l'ultima boccata e lascia che il fumo navighi a mezz'aria nell'auto, senza peso.

Sarti Antonio non sa se arrabbiarsi subito o attendere maggiori dettagli. Decide per la seconda ipotesi e chiede: – Ha detto di chiamarsi Claudio, per caso?

– Ha detto, parola per parola, quello che ti ho appena riferito. Ho una buona memoria, io.

Sarti Antonio insiste: – Circa undici, dodici anni? Capelli lunghi e scuri, occhi grandi, viso intelligente?

– Non ho guardato molto, era buio, ma direi di sí.

– E quando è stato esattamente?

– Parecchio tempo fa. È molto importante per te? Se vuoi possiamo vedere i turni e scoprire la notte esatta.

– Ferma.

– Perché?

Sarti Antonio ripete in modo da non consentire repliche: – Ferma.

L'auto accosta al marciapiede e l'agente si volta verso Sarti Antonio aspettando dei chiarimenti. Che arrivano piuttosto violenti.

– Sei un povero stronzo. Un maledetto idiota! Quel ragazzo è stato ucciso magari quella notte stessa, dopo aver parlato con te. O la sera dopo. Capisci cosa significa? Se tu mi avessi cercato subito, se ti fossi messo in contatto con me, a quest'ora... a quest'ora...

L'agente non sa cosa rispondere e si limita a difendersi come può: – Che ne sapevo io? E sei sicuro che fosse proprio lui?

Sarti Antonio gli mette il microfono sotto il naso: – Chiedi conferma della data del tuo turno di notte al Pilastro.

La risposta della Centrale è chiara e non lascia dubbi: il piccolo Claudio è stato ucciso la notte stessa che aveva chiesto notizie di Sarti Antonio all'agente di turno, a quel mentecatto con la sigaretta fra le labbra, a quel deficiente che non ha ancora imparato il mestiere... Sarti Antonio non riesce più a controllarsi: – E tu dov'eri quando hanno trovato il corpo del ragazzo ucciso?

– Non ne so niente... Sono smontato a mezzanotte –. All'agente è passata la voglia di accendere altre sigarette. Se ne sta muto al volante. Poi chiede: – E adesso?

Sarti Antonio non sa darsi pace: – Ma per Dio, non li leggi i giornali? Non hai saputo del ragazzo ucciso al Pilastro proprio quella notte in cui mi aveva cercato? È passato piú di un mese da quella notte, Cristo! E vieni fuori adesso a parlarmene? Nessuno ti ha interrogato sul tuo turno di quella notte?

– Non mi hanno chiesto niente...

– Sembra una favola. Solo in Questura possono succedere di queste cose.

Non c'è molto da aggiungere.

– Mi farai rapporto?

– Un accidente! Cosa cambia adesso? Dovevi cercarmi allora, Cristo! Questo pensa al rapporto.

Sarti Antonio non sta piú nella pelle, la vettura gli va stretta, si agita, vorrebbe fare qualcosa, ma non riesce ancora a pensare con la necessaria calma.

Continua a brontolare: – E doveva rompersi la testa Felice Cantoni per arrivare a sapere. Muoviti!

L'agente avvia il motore e chiede: – Dove andiamo?

– Al Pilastro.

Sarti Antonio, sergente, si chiede come potrà presentarsi alla madre del piccolo Claudio e con che animo riuscirà a parlarle del figlio. Ci penserà quando se la troverà davanti, perché adesso, per quanti sforzi cerchi di fare, la sua mente non riesce a fermarsi su quell'argomento. Corre al piccolo Claudio, alla sera che questi l'ha cercato senza trovarlo. Si chiede cosa volesse il piccolo e cosa avrebbe fatto a Sarti «molto, molto piacere».

Forse una cosa da niente. O è proprio il nodo del suo assassinio...

Tutto prende ora una nuova direzione perché niente vieta a Sarti Antonio, sergente, di pensare che il piccolo Claudio avesse qualcosa di importante da comunicargli. E che proprio per questo il piccolo Claudio sia stato ucciso.

Cosí come già si era caricato del peso della colpa all'idea che lo avessero ucciso perché lo aveva voluto amico, magari un confidente, adesso Sarti Antonio si tormenta alla nuova ipotesi.

Non potrà parlare di questo alla madre del piccolo; non dovrà assolutamente trasmetterle il minimo dubbio su questo suo sospetto. Ma poi Sarti Antonio riesce a passare oltre lo scoglio che si è andato costruendo nella mente: troverà un motivo, se pure piccolo, che calmerà la sua coscienza di questurino.

Ma, se ci pensa un attimo, le due ipotesi confluiscono in una sola, anche se non riesce a immaginare una notizia, una informazione tanto grave da giustificare l'assassinio. Se non ci fossero di mezzo anche le duecentomila trovate nelle tasche del piccolo...

Sarti Antonio è sempre piú convinto che il piccolo Claudio non poteva essere mischiato in niente di illegale... Se non ci fossero di mezzo le duecentomila trovate nelle tasche del piccolo.

Eppure gli occhi di quel ragazzo erano troppo chiari per nascondere del marcio; e la sua voce troppo sincera.

– Non è possibile.
– Cosa?
– Niente: pensa a guidare.

Al Pilastro non trova Lucia, la madre del piccolo; non è a casa. Allora Sarti Antonio chiede a una donnetta che sta pulendo le scale: – Dov'è la signora Lucia?
– Lei chi è?
– Sono della Questura.

La donnetta riprende il suo lavoro senza rispondere e Sarti Antonio è costretto a ripetere: – Dov'è la signora Lucia?
– Non lo so –. Gli passa la scopa sulle scarpe, senza tanti complimenti, per fargli capire che sta nei piedi e che deve andarsene.
– Da quanto manca di casa?
– Non lo so.
– Come non lo sa? Lei dove abita?

La donnetta indica con il capo la porta a fianco di quella di Lucia e continua con la scopa.
– Vuoi prendermi in giro? Abiti a fianco di Lucia e

non sai dov'è andata, da quanto manca da casa. Vuoi prendermi in giro?

– Io mi occupo dei fatti miei e voi dovreste occuparvi dei fatti vostri. Non avete già procurato abbastanza guai a quella povera donna?

– E chi le ha procurato dei guai? Noi?

– Io no di certo.

Sarti Antonio, sergente, non ha molta pazienza in certi casi e si arrabbia facilmente. Strappa la scopa di mano alla donnetta e gliela agita sotto il naso: – Se dici un'altra cazzata, ti rompo il manico sulla testa –. Restituisce l'attrezzo e continua: – Vieni con me.

– Dove?

– In Questura. Se hai voglia di divertirti, io sono disposto ad accontentarti.

– Ci sono abituata: andiamo pure.

Appoggia la scopa al muro della scala, si toglie il grembiule e lo appende al manico. Sarti Antonio cerca di farla ragionare perché è certo che neppure in Questura otterrà di piú. Non ci conta molto: – Vuoi capire che sono venuto per aiutarla?

– Hai riportato il povero Claus? – Sarti non risponde e allora la donnetta continua: – Sarebbe il solo modo per aiutare Lucia. Se non lo puoi fare, lasciala in pace.

Non si ricaverà niente né con le buone, né con le cattive. Sarti Antonio, sergente, ne è ormai convinto.

– Fa' come ti pare: Lucia non ci guadagnerà. E quel maledetto che le ha ammazzato il figlio continuerà a ridere di noi e di voi.

– Di voi è un pezzo che si ride: tutti. Non sapete far altro che rompere la testa alla gente. Quando si tratta di trovare un delinquente, siete smarriti; vi rivolgete a noi. Allora? Vogliamo andare in Questura o no? Ho da fare.

- Devo vedere Lucia perché ho una certa idea... Insomma, è importante e non perché è il mio mestiere, ma perché conoscevo bene il piccolo Claus e non voglio che chi lo ha ucciso...

La donnetta riprende il grembiule e lo rimette; guarda in faccia Sarti Antonio e decide: - Puoi trovare Lucia al suo paese, in montagna. È andata via perché qui non aveva piú niente da fare.

- Dove esattamente?
- Che razza di questurini. Poi si meravigliano se non trovano i delinquenti. A Monteverro.

Sarti Antonio se ne va e lascia la donnetta alla sua pulizia scale. Prima di uscire dall'atrio, sente che lo chiama: - Non andarle a raccontare che te l'ho detto io. E non dirle neppure che l'hai scoperto tu: non ti crederebbe -. Ci fa su una bella risata.

Da questo momento Sarti Antonio, sergente, ha bisogno di muoversi con tutta tranquillità, senza vincoli di servizio e senza orari da rispettare. Ha bisogno di fare qualcosa e non perché è un questurino, e non perché è suo dovere tutelare l'ordine pubblico, e non perché lo pagano per questo. Se ne sbatte.

Semplicemente perché il piccolo Claudio è morto e lui, in certo senso, non può fare a meno di addossarsene la responsabilità; almeno un po' di responsabilità. Almeno fino a quando non sarà riuscito a dimostrare il contrario.

Semplicemente perché, se è disposto ad andare in piazza a caricare un corteo di femministe o di studenti, non vede il motivo per restare fuori dalla morte del piccolo Claudio. Anzi, proprio per questo.

Semplicemente perché, se gli fanno sputare l'anima per ritrovare un tale che butta una bottiglia incendiaria contro le auto della Polizia, può benissimo darsi da fare per quel piccolo Claudio.

Semplicemente perché, se rischia la pelle sull'auto ventotto nel traffico della città, per rincorrere un tipo qualunque che ha rubato in una qualunque banca dei soldi qualunque e in ogni caso non suoi, è convinto di dover dare una mano a una donna di trent'anni dal viso sciupato per il troppo lavoro e alla quale hanno ammazzato il figlio.

Semplicemente perché, molto probabilmente, Sarti Antonio è stata l'ultima persona che il piccolo Claudio ha cercato, prima di venire ucciso.

A costo di farlo da solo, fuori servizio e magari utilizzando i giorni di ferie. Che, fra l'altro, non riesce mai a sfruttare per intero sia perché Raimondi Cesare, ispettore capo, non gliene lascia il tempo, sia perché non ha diecimila lire da spendere ogni giorno per una pensione al mare o in montagna.

Mentre l'auto lo riporta al centro e mentre l'agente al volante ha già assorbito il colpo e ripreso a fumare una sigaretta dopo l'altra, gli matura in mente una decisione eroica: una serie di decisioni. Prendersi le ferie, occuparsi della morte del piccolo Claudio, anche se il caso è già da considerarsi archiviato.

Ma soprattutto gli matura la decisione di affrontare il Raimondi Cesare, ispettore capo, in un momento delicato come il presente. E ce ne vuole di coraggio.

Non vorrei che si pensasse che quello di Sarti Antonio, sergente, è il modo di comportarsi di un questurino qualunque: io li conosco come li conosce la gente del Pilastro e non se ne salva uno. Quindi, non confondiamo.

Sarti Antonio, sergente, non è un questurino punto e basta: è un pover'uomo che nella vita non sa fare altro che ciò che sta facendo da anni. È un tale finito questurino non si sa bene perché e non si sa bene come. Forse per il solo motivo che gliel'ho messo io. E questa è la piú bella.

Gli altri, quelli che incontrate tutti i giorni per la strada, sono diversi, sono esattamente come voi pensate siano. E come gli abitanti del Pilastro pensano che siano. In divisa come un celerino o in borghese come Sarti Antonio.

9. Una vacanza che poi non è una vacanza

Non capisco come l'ottoecinquanta ce l'abbia fatta. Bene o male ci scarica sulla piazzetta di Monteverro. Attorno all'auto c'è puzza di bruciato; il motore, prima di smetterla con le scintille nelle candele, ci pensa su piú volte e sbuffa come un cavallo bolso.

Monteverro è un piccolo, piccolissimo borgo antico, appeso alla montagna, la sua bella piazzetta è in pendenza, come tutte le stradine che l'attraversano, la pavimentazione è di ciottoli arrotondati da chissà quanti secoli di calpestio. Le case non sono molte ma in compenso sono vecchissime, piccole e addossate le une alle altre, quasi incapaci di sostenersi da sole.

Porte strette e basse, finestre minuscole, tetti spioventi che lasciano sporgere i legni del coperto e le lastre nere di ardesia.

Fra i ciottoli spuntano ciuffi d'erba verde e umida, alimentata da un terreno sempre bagnato.

Ogni porta è separata dalla strada da un gradino in arenaria; pure in arenaria sono gli architravi delle finestre e delle porte.

In un angolo della piazzetta, sotto un porticato basso in legno, si apre un piccolo caffè: quattro vecchietti puliti, completi di giacca scura di lana e di cappello di panno, guardano, senza aprire bocca, l'automobile appena arrivata.

Sulla porta del caffè si è affacciato anche il proprietario. Pare che da quelle parti le automobili approdino raramente e può essere quindi che l'ottoecinquanta di Sarti Antonio faccia la sua bella figura, piantata fra quelle quattro case di sasso.

È il posto ideale per chi non vuole essere disturbato.

Sarti Antonio, sergente, si avvia verso il caffè e i quattro vecchietti puliti lo salutano contemporaneamente: un paese di gente educata. Educata e pulita.

Salgo la stretta via e non incontro nessuno. Qualche sedia impagliata, bassa, è appoggiata al muro, vicino alle porte, in attesa di una donnetta o di un vecchio in pensione.

La strada finisce davanti alla chiesa e davanti alla chiesa il sagrato è l'unico spazio in piano di tutto il paese. Quattro bellissimi alberi, verdi com'è verde l'estate da queste parti, sono piantati ai quattro angoli del sagrato e riposare alla loro ombra deve essere una delle gioie piú grandi della vita.

Un muretto basso corre lungo i lati del sagrato a dividere lo spazio accessibile dal baratro che si apre ai suoi bordi: un lungo, ininterrotto sedile.

Sono arrivato in cima e di là posso vedere, sotto di me, i tetti scuri del paese.

A fianco della chiesa, con il muro in comune, ci sono i resti di quello che doveva essere il palazzo del signore di tutto. Adesso è rimasta soltanto una dignitosa dimora in mattoni rossi che conserva però il suo aspetto di passata grandezza.

Forse perché tutte le altre abitazioni sono in sasso grigio.

A parte i quattro vecchietti del bar e il proprietario dello stesso, nessun altro in giro. Probabilmente perché sono le due del pomeriggio e il sole picchia com'è solito picchiare alle due di un pomeriggio d'agosto. Se pure qui, fra il verde dei boschi e le piccole, basse case di Monteverro, il sole non assomiglia a quello che abbiamo appena lasciato in città. Ma è possibile che questa gente non se ne renda conto e tema ugualmente quel sole, cosí com'è.

Scendo verso il bar del paese, comunque deciso, un giorno o l'altro, a entrare nella chiesa che mi lascio alle spalle.

Sarti Antonio è seduto sotto il porticato e sta zuccherando una tazzina di caffè.

Rimango deluso perché non fa una piega. Si limita a dire: – Potrebbe essere meglio. Se rimango, le insegnerò a fare il caffè migliore della zona.

Il proprietario intasca le due monete, pulisce il tavolino con uno straccio bianco di bucato e dice:

– Non saprei dove mandarla. Alberghi non ce ne sono se non al paese vicino, dov'è il Comune.

– E quanto dista?

– Dieci chilometri.

– Non va: voglio fermarmi qui. Ci sarà una famiglia disposta a tenermi in casa.

Il proprietario del bar guarda i vecchietti che si sono limitati a seguire i discorsi senza aprire bocca. Sarti Antonio restituisce la tazzina e dice: – Mi va bene qualsiasi cosa. Voglio restare qui.

– Può provare dall'Ancilla. Lei ha alloggiato i due muratori che hanno restaurato la chiesa.

– Sentiamo dall'Ancilla. Dove la trovo?

Il barista si rivolge a uno dei vecchietti: – Senti da tua figlia se è disposta a tenere in casa, a pensione, il signore per un po' di tempo.

Il vecchietto interpellato si alza e, senza rispondere, sparisce dietro l'angolo di una casetta. Il tempo di respirare due volte e poi ritorna accompagnato da una donna anziana, vestita di scuro e con un fazzoletto scuro annodato in testa.

Una donnetta dignitosa, almeno alla vista. E pulita. Come tutto il paese.

Non assisto alle trattative e continuo l'esplorazione, ma sono certo che Sarti Antonio troverà un tetto e una tavola.

Non mi sbaglio. Quando torno non c'è piú né lui né l'ottoecinquanta, ma posso seguire l'odore di olio bruciato e arrivare in un cortiletto dove è parcheggiata la vettura.

Sarti Antonio, sergente, è già seduto a tavola davanti a un'altra tazzina di caffè.

– Le insegnerò a fare un buon caffè, signora Ancilla.

Se non altro, quando ce ne andremo da Monteverro, i suoi abitanti avranno imparato a fare un buon caffè. E magari verranno da tutta la montagna per assaggiarlo.

Per tutto quel giorno non si parla di Lucia, e se non lo fa Sarti Antonio avrà le sue buone ragioni. Il questurino è lui.

Il fatto è che siamo venuti a Monteverro proprio per incontrare Lucia; non vorrei che il questurino se ne fosse dimenticato.

Non se n'è dimenticato.

Il mattino dopo Sarti Antonio sale la stradina che porta alla chiesa: saranno le otto. L'aria è fresca e il sole, spuntato dagli alberi che circondano il paese, mette addosso quel tanto di calore che non fa sentire il frizzante di un venticello delicato ma insistente.

Il Sarti Antonio entra direttamente in chiesa e la cosa mi sorprende. Non ricordo l'ultima volta che costui è entrato in una chiesa se si toglie la manifestazione delle femministe in piazza Maggiore di qualche settimana fa. Ma quella non conta.

– Vai a messa?

Non risponde. Sull'altare c'è un prete che sta facendo il suo mestiere di prete e nelle panche attorno alcune donne, tutte anziane, stanno facendo il loro mestiere di buone cristiane.

Sarti Antonio si tiene da un lato per tutto il tempo della funzione e, appena finita, il prete lascia l'altare. Sarti Antonio lascia il suo angolo e lo raggiunge. Raggiunge il prete, voglio dire.

– Buongiorno, don Giacomo.

Il don Giacomo di turno sta togliendosi l'abito da lavoro e gli risponde: – Buongiorno, figliolo.

Non mi sembra di buon gusto assistere all'incontro di Sarti Antonio con il prete; anche perché costui, Sarti Antonio, potrebbe volersi confessare.

Lo aspetto fuori.

Mi dice, quando esce: – Andiamo a trovare Lucia.

– Hai l'indirizzo? Chi te lo ha dato?

– Un angelo del Signore. Chi pensi che me lo abbia dato, dal momento che ho finito di parlare con un prete?

Mi tornano alla mente le parole di mio padre: il prete e il carabiniere sempre d'accordo davanti al bicchiere.

Non c'è niente da dire: Sarti Antonio, sergente, conosce bene il suo mestiere di questurino.

Sono curioso di vedere, adesso, come si presenterà alla madre del piccolo Claudio.

Si presenta molto semplicemente.

– Buongiorno, Lucia.

Lucia sta occupandosi della casa, una piccola casa come le altre, pulita e fresca. Dalla porta posteriore si intravvede un cortiletto completamente coperto dai rami di due alberi di fico e chiuso da quattro muri in sasso.

Lucia ha un aspetto piú tranquillo dell'ultima volta che l'abbiamo incontrata, anche se gli occhi sono, come allora, tristi e cerchiati. Il viso però è riposato, meno teso, tanto da parere quasi bello. Porta un abito di cotone scuro e ha i capelli annodati dietro la nuca, come una ragazzina. Forse è proprio per i capelli e per il viso meno teso che ha l'aria piú giovane.

La sua prima reazione è di atteggiare il viso a un sorriso molto timido, quasi inesistente; ma subito si rabbuia e chiede, aspra: – Cosa vuole lei qui?

– Sono passato a salutarla: ho saputo che anche lei era da queste parti.

Non risponde e resta immobile ad aspettare qualcosa che deve arrivare, tanto è associata ai guai l'idea della Questura.

Ma, poiché non succede niente, molto lentamente Lucia si rilassa. Riacquista un po' di fiducia: – Vuol dire che non è venuto per me?

– Sono in vacanza. Niente lavoro.

– In vacanza qui?

– È un posto tranquillo.

Il viso di Lucia riprende la durezza di qualche istante prima. Non è piú tanto convinta che questo Sarti Antonio le abbia detto il vero. E ha perfettamente ragione, ma non posso dirglielo io.

– Lei non è in vacanza. Cosa vuole? Chi le ha detto dove trovarmi?

È inutile continuare la finzione e Sarti Antonio parla chiaro: – È vero che sono in vacanza ed è vero che sono venuto per lei –. Lucia non lo ha invitato a sedere e Sarti Antonio chiede: – Possiamo parlare con un po' di calma? Posso sedere?

– Non c'è bisogno né dell'uno né dell'altro.

Per tenere quel tono di voce Lucia fa uno sforzo. Non è donna abituata alla scortesia. E i suoi occhi si riempiono di lacrime che cerca di rimandare indietro.

Si lascia cadere sulla sedia, il capo stretto fra le mani, le braccia appoggiate al tavolo. Non la vedo in viso ma sta piangendo.

La sua voce bassa mi porta il ricordo di un antico dolore. Un dolore da tragedia, inevitabile come la vita e il passare del tempo.

Sarti Antonio non ha il coraggio di andarle vicino, di sfiorarle le spalle, di dirle una parola. Assiste impotente a quel dolore. Ascolta.

– Volevo tanto bene al mio piccolo Claus. Chi me lo ha tolto non si è ancora reso conto di ciò che ha fatto, e quando se ne renderà conto dovrà impazzire per il rimorso.

Perché toglierle questa illusione? Lucia non sa, non ha ancora capito che la vita è un unico dolore senza mai un istante di rimorso o di ripensamento.

– Mi sono chiesta mille volte il perché; l'ho chiesto agli altri... Non sono riuscita a rispondermi, né l'hanno fatto gli altri. Non c'è risposta. Di notte non chiudo occhio e a volte non riesco neppure a credere che sia successo. Il mio piccolo Claus. A chi poteva far male?

Lucia alza il capo e guarda in viso Sarti Antonio quasi potesse lui risponderle.

Non ho mai veduto un pianto piú triste e sfinito di questo. Lucia ripete: – A chi poteva far male? Lo ha guardato negli occhi il mio bambino? Erano occhi grandi, sinceri e lasciavano vedere il suo animo fino in fondo. Suo padre mi aveva detto: «Occupati di Claudio e crescilo come sei tu». Non ci sono riuscita, non l'ho neppure aiutato a fare i primi passi che subito me lo sono visto togliere, quasi che la gioia della sua presenza fosse un regalo troppo grande per me. Me ne sono venuta via dalla città perché non sopporto piú niente di quei posti e mi illudevo di... Adesso arriva lei. Cosa vuole da me? Non basta che Claus... Tutto è cominciato dal momento in cui lei ha voluto occuparsi del piccolo. Lo sa?

UNA VACANZA CHE POI NON È UNA VACANZA 105

Ha smesso di piangere, si è alzata dalla sedia andando vicino a Sarti Antonio. I suoi occhi, ancora bagnati, sono cattivi come le sue parole. Lucia ha perduto prima ancora di iniziare a combattere.

Le ultime parole hanno toccato forte e Sarti Antonio non può restare indifferente.

Senza niente da rispondere, volta le spalle alla donna ed esce. Sale il viottolo acciottolato che costeggia le case e lo vedo sparire, deluso, abbattuto e col capo chino.

Lucia si lascia ancora cadere sulla sedia e mormora fra sé: «Ne ho abbastanza: non voglio piú vedere nessuno».

Passa una giornata stupida, silenziosa, fra le vecchie silenziose mura di Monteverro; inutile come il viaggio per arrivare fin qui.

Sarti Antonio se ne resta seduto al bar, sotto il porticato della piazzetta, immerso nei suoi pensieri che posso immaginare solo tristi e appassiti.

Attorno, la vita è immobile come lo è stata per secoli, piantata nei muri di sasso, silenziosa con se stessa e con gli altri, senza speranze, vie d'uscita o prospettive: quattro vecchi vuotano, silenziosi anch'essi, bicchieri di vino rosso, aspettando, chissà da quanto, un avvenimento che dovrebbe spuntare dal viottolo stretto che porta alla piazzetta feudale di quel paese.

Due cani che non vogliono rompere con il loro latrare la quiete. Niente altro.

I pensieri di Sarti Antonio rotolano via, uno dopo l'altro, verso il basso del suo intimo e si ammassano, uno sull'altro, sul fondo della sua anima, pesandogli. E prendono suoni che diventano confessioni.

Che bella idea, Cristo, che bella idea. La gente non ha bisogno di niente e di nessuno: dovrei averlo capito ormai; eppure mi pare di aver già vissuto un secolo. Basta muoversi per battere la fronte contro un muro. Appena provi a toglierti dalla strada che altri hanno deciso per te, senza neppure interpellarti, subito ti crolla addosso mezzo mondo. Per un po' rimani intontito, ti riprendi alla meglio e cerchi di muoverti di nuovo e di nuovo ti rovina sopra una valanga. Mi chiedo cosa valga la pena. Una vita vissuta sul sedile dell'auto ventotto. Per chi? È cosí anche per gli altri? Tanto vale lasciare che le cose vadano per il loro verso, evitando almeno di picchiare contro i muri.

Dopo una lunga pausa vuota di pensieri e di parola, Sarti Antonio si alza e si scuote dal suo intorpidimento, mette un po' di soldi sul tavolinetto e se ne va.

– Mi resta sempre un mestiere che conta e una divisa che conta. Andiamo a fare le valigie e a raggiungere l'uno e l'altra. Ci sto bene in entrambi. Forse è proprio quello il mio mondo. Non devo cercare altro.

Un sole rosso sangue sparisce dietro gli alberi della campagna: domani sarà un altro giorno afoso per le strade di una città inerte e inutile.

Lucia sta salendo il vicolo che porta alla piazzetta. Ha sulle spalle uno scialle di lana scura perché il suo abito di cotone non basta a tenere fuori quel tanto di fresco che la sera ha portato nelle stradine del paese.

Ha gli occhi arrossati: deve aver pianto per tutto il giorno; eppure cerca di non essere dura come questa mattina. Sarti Antonio fa di tutto per lasciarsela avvicinare, e quando se la trova a fianco aspetta un suo cenno. Lucia gli rimane accanto e lo accompagna. Dice sottovoce: – Sono venuta per scusarmi... Questa mattina... – Vorrebbe che Sarti Antonio rispondesse, anche se sa benissimo che non ha niente da rispondere. Allora è lei che continua: – Cosa voleva da me e perché è venuto fin quassú?

– Non ha piú nessuna importanza. Erano solo idee. Un po' stupide anche.

Lucia gli mette una mano sul braccio e lo ferma.

– Deve essere importante, invece. Non si fanno tanti chilometri per cercare una persona se non è importante. Voglio sapere.

– Perché adesso e non questa mattina? – La donna non risponde. Aspetta che Sarti Antonio riprenda il cammino e continua a seguirlo anche quando costui le chiede: – Pensa che sia utile?

– Se ha fatto tanta strada, sí.

Sarti Antonio cerca di sgombrarsi la mente dai pensieri che lo hanno tormentato fino a quel momento e dice: – Forse ha ragione lei: sarà utile, ma soltanto per me, visto che non posso fare niente per gli altri. Meno che meno per il piccolo Claudio.

Lucia mette di nuovo la sua mano sul braccio di Sarti, ma non per fermarlo, questa volta; per fargli capire che lo sta ascoltando.

– Questa mattina lei mi ha buttato in faccia una responsabilità che non è nuova per me. Sono ormai settimane che ho quell'idea in testa. Cerco di toglierla e mi torna. La butto e mi torna. Sentirlo dire da lei mi ha dato l'impressione che tutto quanto m'interessa, tutto quanto mi riguarda sia per forza marcio. Ecco perché parlare con lei poteva essermi utile. Mi avrebbe aiutato a venire fuori dal letamaio nel quale sto immerso fin da quando ho memoria. Come vede, scopo egoistico, viaggio d'interesse, utilità soltanto mia. È tutto.

La passeggiata continua in silenzio, poi Lucia si ferma, dice: – Andiamo a casa mia.

Sarti Antonio non risponde e Lucia ripete: – Andiamo a casa mia: ho bisogno di parlare con qualcuno.

– Con me?

Lucia abbozza un sorriso.

In casa di Lucia, Sarti Antonio siede al tavolo e si guarda attorno: – Una bella casa.

– Ci sono nata: non posso saperlo io.

– Lo sa, se è tornata proprio qui.

Lucia siede di fronte a lui: una luce debole entra dalla finestra, illumina la stanza e modella, con i suoi chiaroscuri, il volto della donna con morbidi contorni.

– Vive sola?

– Non ho piú nessuno.

– Perché è venuta in città? Se fosse restata qui... – Non continua e si pente di aver iniziato quello stupido discorso.

– È vero. In questi giorni ci ho pensato anch'io e mi sono detta che se fossi restata qui, a quest'ora il mio Claus sarebbe là fuori, a caccia di ranocchie. Ma cosa gli avrei potuto dare? Sarebbe stato come soffocarlo con le mie mani.

– Siamo responsabili di quanto ci accade.

– Per questo sono venuta a cercarla: perché anch'io sono responsabile e perché non avevo il diritto di dirle quello che le ho detto.

C'è fra i due una lunga pausa che lascia entrare nella stanza i rumori dei campi.

– Cosa vuole sapere?

Sarti Antonio si passa una mano sul viso e cerca le parole giuste: – Tante cose. Ho saputo che il piccolo mi ha cercato la notte stessa... la notte stessa che successe. L'ho saputo solo qualche giorno fa. Lei sa cosa volesse da me? Ne ha parlato in casa?

– No. Non mi disse niente ma per Claudio tutto quanto accadeva era molto importante. Forse voleva semplicemente avvertirla del suo lavoro. O che aveva appena imparato un nuovo gioco. O dirle che aveva guadagnato il suo stipendio. Tutto era molto importante per lui. I primi soldi che mi portò, per esempio.

Mi diede due biglietti da diecimila e mi disse: «Ecco, questi sono i primi. Vedrai quanti ne porterò ancora».

– Alludeva forse alle duecentomila lire che gli sono state trovate in tasca?

– Non credo. Quei soldi non erano suoi. Quei soldi... Qualcuno li deve aver messi nelle sue tasche. Non so per quale motivo. Non erano suoi. Conoscevo bene il mio piccolo. Me lo avrebbe detto. Mi ha sempre detto tutto.

– Forse quella volta non fece a tempo...

Lucia scatta: – No! Claus non era... non era...

Sarti Antonio non la fa finire: – Lo credo anch'io. Eppure gli hanno trovato in tasca duecentomila lire.

– Ho detto cosa penso di quel danaro. L'ho detto anche all'ispettore capo: qualcuno l'ha messo nelle tasche di Claus. Non so per quale motivo.

Sarti Antonio ritorna sul discorso iniziale. Gli preme sapere.

– È certa di non conoscere il motivo per cui il piccolo mi stava cercando? Ci pensi bene: forse è piú importante delle duecentomila lire.

Lucia pensa a lungo, cerca nella sua memoria le ultime ore, le ultime frasi del piccolo. E questo sforzo le deve essere angoscioso.

Scuote il capo.

– Non mi disse niente. Niente di lei.

– Eppure mi ha cercato e quel maledetto figlio di vacca non mi ha detto niente fino a ieri l'altro, Cristo.

Lucia si alza. Vuol rompere la tensione che si è andata creando attorno a loro e ai loro discorsi.

– Beve qualcosa?

Sarti Antonio scuote il capo e ripete fra sé: – Sono sicuro che la soluzione sta in quel suo cercarmi. Se mi avesse trovato...

Lucia è dietro di lui e gli mette le mani sulle spalle.

– Non stia piú a tormentarsi: siamo tutti ugualmente responsabili. Oggi lo so.

La sua voce è bassa, quasi temesse di disturbare la quiete che viene dall'esterno. Le sue mani, sulle spalle di Sarti Antonio, sono morbide. Attraverso la stoffa della camicia passa il calore di quelle mani. Sarti Antonio si alza e se la trova davanti, minuta, delicata, tenera. Non aspetta altro che una mano per uscire dal suo rifugio pieno, ancora, di tormenti e di ricordi.

Dalla finestra entra un chiaroscuro che rende quel viso di donna piú triste, piú morbido; che stampa e confonde, sulle pareti nude e chiare, il tremore delle foglie con le due ombre vicine ancora cosí distanti.

Lontano, da qualche parte, i due cani hanno trovato il coraggio di rompere il silenzio opprimente di quel paese con il lamento del loro abbaiare.

Non uscirà niente di nuovo, di utile per la semplice ragione che Lucia non può dare ciò che non ha.

Non succede niente se non che Sarti ha capito, adesso, che Lucia può essere un'amica.

– Torna in città con me.

Lucia scuote il capo: – Non torno piú.

– Devi tornare proprio perché le cose non finiscano nel nulla. Ho alcune idee e voglio portarle alla fine. Magari non servirà a niente, ma almeno avrò provato.

– Farai da solo.

– Puoi essermi utile.

Lucia non è dello stesso parere.

– Non vedo in cosa.

– Avrò bisogno di altre notizie.

– Ti ho detto quanto sapevo. Conosci Claus quanto lo conosco io, ormai. Non torno in città.

Il suo tono è sicuro e non lascia dubbi: Lucia non

tornerà piú in città. Questo è certo. Allora Sarti Antonio cerca un'altra strada.

– Diciamo che mi piacerebbe se tu tornassi in città.

Lucia gli sorride. Pochi giorni l'hanno trasformata: non ha piú gli occhi cerchiati, non ha piú il viso irrigidito dal dolore e il suo sorriso è piú aperto.

– Io resto qui. Tu potrai venire a trovarmi ogni volta che lo vorrai.

10. Sarti Antonio, sergente, ci riprova...

Quando l'ottoecinquanta entra in città è già sera, eppure l'afa, il calore dell'asfalto, il riverbero dei fabbricati tolgono il respiro.

Prendersi da Monteverro e arrivare qui è stato come farsi trascinare lentamente da un nastro trasportatore, la strada, fin dentro la bocca di un forno, la città.

Già durante il viaggio Sarti Antonio si è tolto la giacca, poi la camicia, poi, se avesse potuto, si sarebbe tolto i calzoni.

Una settimana a Monteverro gli ha cancellato l'abitudine alla città e adesso sarà faticoso riprendere la consueta attività. Sarà difficile riadattare le chiappe al sedile dell'auto ventotto.

Ha la gradita sorpresa di trovare davanti a casa proprio Felice Cantoni, agente, e l'auto ventotto di cui sopra.

– Sei arrivato, finalmente? È tutto il pomeriggio che ti aspetto. Dovevi riprendere servizio questa mattina.

– Cosa dici, povero matto? Ti ha fatto male la botta in testa.

– Non hai ricevuto l'espresso dell'ufficio personale? Tutti i permessi sono stati revocati. Compreso il tuo.

Sarti Antonio, sergente, ricorda solo ora di aver ricevuto una lettera espresso e di averla ancora inevasa perché portava il mittente.

– È questa?

– Non l'hai neppure aperta.
– Me ne sono dimenticato.
– Adesso cosa dico alla Centrale?
– Niente. Vieni su con me, mi faccio il bagno, mi cambio i calzini e le mutande poi, insieme, riprenderemo il nostro posto di tutori dell'ordine. La città non si sarà neppure accorta della nostra mancanza.

Gli viene in mente solo adesso di aver lasciato Felice Cantoni in un letto di dolore all'ospedale Maggiore e mentre scarica la valigia, chiede: – Come va la testa? Tutto a posto?

Felice Cantoni, agente, si toglie il berretto e mostra la fronte ornata da un decorativo cerotto: – Non male. Mi hanno tolto i punti l'altro giorno. Non male.

– Speriamo nella prossima manifestazione femminista, allora?

Felice Cantoni alza le spalle: – I culi sono fatti per essere toccati.

– Quello di tua moglie, forse. Tocca quello e vedrai che non ti succederà niente.

– Lo dici tu.

Per prima cosa Sarti Antonio si prepara un caffè: un caffè di quelli che sa fare solo lui, e mentre lo beve ha l'aspetto di una persona felice.

– Ne avevo una gran voglia. Nessuno sa preparare un caffè dignitoso. Qui fa un caldo della madonna.

Felice Cantoni non ha potuto rifiutare la tazzina. Gli risponde: – Sentirai domani pomeriggio. Sull'auto si fa il bagno di sudore.

Sarti Antonio si sdraia nella vasca e chiede: – Perché hanno revocato i permessi?

– Pare ci siano dei guai in vista.

– Di che genere?

– Raimondi Cesare ha saputo che gruppi di estremisti stanno preparando una serie di manifestazioni di disturbo; di sabotaggio o che so io.

– In agosto? In pieno agosto? Mai successo. In questo periodo i rivoluzionari vanno al mare. Non c'è piú rispetto per nessuno...

Chiude gli occhi e si lascia accarezzare dall'acqua tiepida. Ai guai penserà piú tardi. Sull'auto ventotto.

Appena riesce a liberarsi, va a trovare Romano, in officina. Ha qualcosa da chiedere sulla morte del piccolo Claudio.

Non viene accolto con calore.

– Se hai qualche guaio alla macchina, prendi male: sono pieno di lavoro. Le automobili hanno deciso di guastarsi tutte in questi giorni di agosto. Guardati attorno. Che Dio le maledica!

L'officina è piena di vetture malate in attesa di passare in sala operatoria.

– Voglio parlarti di Claudio.

Romano scuote il capo e non dice niente. Salta su una vettura e fa posto a Sarti Antonio sgombrando il sedile dagli stracci che lo occupavano.

– Intanto andiamo a provare questa macchina. Salta su.

Romano porta la vettura sulla tangenziale e la lancia a tutta velocità. È attento alla strada ma è attento anche a Sarti Antonio. Gli chiede: – Cosa posso dirti?

Il contachilometri segna centocinquanta e in quelle condizioni Sarti Antonio non è portato a iniziare un dialogo molto costruttivo. Comunque dice: – Non potresti rallentare? Come si può parlare mentre si viaggia ai centocinquanta?

– Io ti seguo. Non preoccuparti: parla pure. Va' tranquillo.

– Vado tranquillo se lo dici tu.

Subito dopo, durante un sorpasso, Sarti Antonio ci prova: – Come si comportava il piccolo Claudio in officina?

– Un bravo ragazzo. Te l'ho detto. Gli ho sempre fatto fare cose da poco: lavaggio, commissioni, ritiro di cambiali e loro pagamento... Cose da poco ma le faceva con molta attenzione e passione. Correva.

– Non è questo che voglio sapere. Ti sei accorto se avesse tendenze... come dire? Insomma, è mai sparito qualcosa?

– Dall'officina niente. Claudio non era il tipo.

– E dallo spogliatoio dei tuoi ragazzi? Qualcuno si è lamentato?

– Non mi risulta. Ripeto che Claudio non era il tipo.

Sarti Antonio si arrabbia: – Lo so anch'io. Non stare a ripeterlo. Il fatto è che gli sono state trovate in tasca duecentomila. Capisci cosa voglio sapere?

Romano annuisce. Dice: – Capisco. E ti ripeto: non mi risulta.

– Possiamo parlare con i tuoi operai? Magari non ti hanno detto niente per non creare grane al piccolo.

– Come vuoi.

Rientrano in officina.

I meccanici, gli allievi meccanici, gli assistenti allievi e tutto il personale dell'officina viene convocato nell'ufficio dove il Sarti Antonio esordisce: – Sono state trovate duecentomila lire nelle tasche del piccolo Claudio: qualcuno di voi può darmene una giustificazione?

Nessuno gli risponde e allora il sergente cerca di essere più chiaro: – Voglio dire: a qualcuno di voi sono spariti dei soldi? Sono mancati pezzi di ricambio in officina? Qualche cliente si è lamentato per il furto di oggetti dalle vetture come: autoradio, mangianastri, cassette... Guardate che non sto conducendo una indagine ufficiale; sto solo seguendo una certa mia idea e quindi non c'è niente di compromettente.

Un ragazzo con un bel paio di baffi castani che arrivano sul mento si decide a parlare. E pare a nome di tutti.

– Il povero Claus si è sempre comportato bene sia con noi che con i clienti e non ha mai cercato di fregare nessuno. Se gli hanno trovato addosso duecento testoni, non li ha rubati. Avrà fatto qualche lavoro extra, qualche servizio... Era un bravo ragazzo: non si è mai tenuto neppure il resto delle sigarette che lo mandavamo a comprare.

Gli altri condividono il discorso del rappresentante perché annuiscono e Sarti Antonio non può che essere contento se pure, a questo modo, non verrà mai a capo del mistero delle duecentomila. Prima di mandare gli operai nei loro motori, chiede un'ultima cosa: – È possibile che fosse collegato con qualcuno e fornisse indicazioni per un colpo in grande stile proprio qui dentro?

Il solito tipo coi baffi risponde: – Se vuole a tutti i costi che il povero Claus diventi un ladro, lo dica chiaramente. Per noi resterà quello che abbiamo conosciuto e che ricordiamo.

– Non hai capito un accidente. Sto cercando di dimostrare che non era un ladro, e se lo hanno ucciso il motivo va cercato chissà dove. Va bene: andate pure.

Sarti Antonio resta solo con Romano e l'impiegata. Non sa piú cosa dire. È sicuro che un particolare gli sfugge: non è possibile che Claudio fosse perfetto.

È l'impiegata che gli dà una mano.

– Anche per me era un bravo ragazzo. Un giorno gli ha telefonato un tale e Claudio gli ha risposto arrabbiato. Ho capito che gli si chiedeva di portare fuori un pezzo di ricambio senza pagare. Lui ha risposto che l'officina non è un centro assistenziale e che il pezzo

potevano comperarlo e che non gli parlassero piú di certe cose.
– Chi era al telefono?
– Claudio lo chiamava con un nome strano... Un animale. Può essere?
– Giraffa?
– Giraffa. Mi pare proprio.

Interviene anche Romano: – Se il povero Claus aveva dei soldi in tasca, di sicuro non poteva averli avuti qui. Non capisco perché ti ostini su questa idea dal momento che il piccolo se n'era andato a lavorare altrove già da dieci, dodici giorni.

Questa giunge nuova e Sarti Antonio se ne stupisce. – Se n'era andato come? Vuoi dire che non lavorava piú da te?

– Non lavorava piú da me.
– Non me lo hai mai detto.
– L'ho detto, l'ho detto. A quella specie di testone del tuo capo. Pensavo lo sapessi anche tu.
– Non ne sapevo niente. Questa è bella. E dove andava a lavorare?

Romano si rivolge all'impiegata: – Fagli vedere la cartella.

A Sarti: – Il commendator Giulio Degennaro gli aveva offerto un posto piú pulito e piú adatto a un bambino. È andata cosí: il commendatore ha una Maserati-Citroën con tanto di autista e l'aveva portata qui per una revisione. Durante l'intervallo del mezzogiorno il piccolo se l'è lavata e lucidata senza che nessuno glielo avesse domandato. Ho raccontato il fatto al Degennaro che ha lasciato un cinquemila per Claudio. Ha voluto vederlo e non se l'è sentita di lasciare il piccolo in officina... L'ha portato alla sua azienda. Figurati se non l'ho lasciato andare: non si sarebbe piú sporcato di grasso d'auto.

Sarti Antonio è seduto e si asciuga il sudore. In officina fa un caldo pauroso e c'è da chiedersi come possano resistere gli operai.

– Dovrò andare a trovare questo Degennaro. Raimondi vuole collaborazione, vuole sacrificio, vuole attaccamento al dovere, ma quando si tratta di raccontare le cose, è piuttosto avaro. Anche Giraffa è da tenere d'occhio. Gli avevo detto di lasciar perdere il piccolo e quello gli telefona per istigarlo al furto...

Se ne va senza salutare nessuno e ragionando a voce alta.

– Non apre bocca con nessuno Raimondi Cesare: pretende che le cose si indovinino. O vuole farci fessi tutti?

L'idea di precedere il Raimondi nelle indagini lo stuzzica tanto che non rinuncia a niente. Neppure a servirsi di una mano; anche di una mano poco chiara come può essere quella di Rosas.

– Non può rifiutarmi un favore. Io l'ho aiutato mille volte. Quel talpone: se ne sta tutto il giorno a mugugnare sui libri, sdraiato sul letto come un povero deficiente. Con la sua testa potrebbe... Niente: ognuno è fatto com'è fatto. Quel talpone.

Ho dei seri dubbi che Sarti Antonio possa ricavare delle notizie utili da Rosas. Quello non tollera la Polizia, non può soffrire Sarti, non sopporta l'autorità.

E Sarti Antonio gli entra in casa infuriato perché sa in anticipo cosa gli risponderà il Rosas.

Lo trova, tanto per cambiare, sdraiato sul lettino, completamente ricoperto di libri. Spunta solo la faccia di coniglio, completa dei soliti occhiali spessi da miope.

Prima che Rosas abbia il tempo di aprire bocca, magari solo per salutare, Sarti Antonio lo aggredisce.

– Te ne stai a marcire. Un giorno o l'altro ti troverò ricoperto dai funghi. E non mi meraviglierò: con l'umidità che c'è qui dentro, rischi di diventare un fungo anche tu. Si può sapere cosa cazzo ci fai?

Rosas gli risponde senza alzare gli occhi: – Una persona qualsiasi capirebbe che sto studiando e mi lascerebbe in pace. Non un questurino.

– A chi vuoi darla a bere? Sono anni che studi e non ti decidi a chiudere con l'università.

– Non si è mai studiato a sufficienza.

– Mi piacerebbe sapere chi ti mantiene gli studi.

– Anch'io. Cos'è un interrogatorio?

– È un accidente che ti pigli! Non sopporto questa vita che fai.

Rosas esce completamente dai libri, siede sul lettino e chiede: – Cos'è che vuoi precisamente da me?

– Voglio che mi aiuti a far fare una figura di merda a Raimondi Cesare.

– In che gioco?

– Lo sai benissimo. Te ne ho già parlato: la morte del piccolo Claudio. Se ne stanno dimenticando tutti.

– Non tu, mi pare.

– Non io, sissignore.

– Perché ti senti responsabile.

– Niente. Perché conosco la madre, Lucia; perché Raimondi Cesare non ci ha cavato i piedi e per un sacco di altri motivi che non sto a dirti perché non è il caso.

Rosas comincia a fischiettare la sua sinfonia improvvisata e allora Sarti Antonio si carica ancora di piú.

– Te ne sbatti! La tua grande idea rivoluzionaria si dilegua non appena si tratta di mettersi a lavorare. Te ne sbatti. Ti chiudi nel tuo buco e che il mondo vada pure in malora. Guarda che nessuno ha chiesto a me di occuparmi del caso: lo faccio per conto mio, fuori servizio. Ma io non sono un rivoluzionario: sono un questurino.

– L'hai detto. Adesso devi spiegare cosa c'entrano le mie idee con la morte di quel ragazzo.

– C'entrano, c'entrano e come. Se sei occupato a cambiare il mondo, perché non cominci a cambiarlo aiutandomi a trovare quel figlio di vacca?

Rosas si sdraia sui libri, si toglie gli occhiali annullando cosí tutto quanto gli sta attorno. Risponde sottovoce: – Credo proprio che tu mi sopravvaluti. Non ho idee, non ho ipotesi e non so da che parte cominciare. Per finire, ho tre esami da preparare per ottobre.

– Siamo in agosto!

Rosas rinuncia a far capire certe cose a Sarti Antonio e riprende con il fischio solista.

Sarti Antonio se ne sbatte e comincia a raccontare tutto quanto gli risulta sul caso Claudio Reni. È certo che Rosas lo sta ascoltando anche se fischietta in sordina.

Al solito l'esposizione è perfetta, puntuale e completa. Se non avessi seguito gli avvenimenti fin dal loro inizio, alla fine del racconto avrei un quadro di quanto è successo esattamente come l'ho dopo aver seguito personalmente gli avvenimenti. La conclusione di Sarti Antonio è efficace: – Se non mi vuoi aiutare significa che ho sbagliato nel giudicarti, significa che tutto quanto ho fatto per te è stato inutile...

– Ma che accidente hai fatto per me, si può sapere? Non fai che sbandierare i tuoi meriti nei miei confronti.

– Niente. La prossima volta ti lascerò a marcire in carcere.

– Ho dei dubbi che ci sarà una prossima volta.

– Non ci sarà una prossima volta? Ma se sei continuamente piantato nei casini piú incasinati! Ma se non succedono guai senza che ti ci trovi dentro! Vuoi darmi una mano o no?

Rosas sospira forte, si guarda attorno disperato, raccoglie qualche libro sparso per il letto, lo lascia cadere e dice: – Cosa devo fare?

– Vieni con me: andiamo a trovare questo commendator Giulio Degennaro. Vieni con me al Pilastro...

– Dal commendatore posso accompagnarti, ma al Pilastro ci andrai solo. Non voglio perdere la faccia mostrandomi là in tua compagnia.

È già molto. Sarti Antonio si alza e dice: – Andiamo subito.

Rosas si alza, mal disposto a uscire dalla tana; Sarti lo ferma: – Non verrai conciato in quel modo.

Rosas si guarda stupito.

– Cosa non va?

– Tutto. Hai la barba lunga di tre giorni, la camicia che puzza di sudore, i calzini rotti. Pretendi che un commendatore ti prenda sul serio cosí conciato?

– Hai mai sentito parlare di Serpico?

– Non siamo al cinema. Datti una sistemata se vuoi uscire con me.

– Se è per questo... – Ritorna al letto e ci si butta sopra. – Se è per questo, non è la mia massima aspirazione.

– Tagliati almeno la barba, Cristo.

Non so come, ma riesce a fargli cambiare la camicia, i calzoni e riesce a fargli indossare un paio di scarpe al posto dei sandali scassati. Niente di piú: i calzini non li mette e non c'è verso di fargli cambiare idea.

Quando escono, sotto il portico di Santa Caterina, Rosas si guarda attorno sospettoso.

– Se qualcuno mi vede conciato cosí...

11. ... ma con risultati sempre piú scarsi

È un bell'edificio moderno, tutto in cemento armato e vetro. Uno splendore. C'è perfino un albero. Rachitico, rinsecchito, stitico, quasi senza foglie, ma è pur sempre un albero. A meno che non sia di cemento anche quello. E c'è una targa illuminata, se pure sono le quattro del pomeriggio. Un'insegna al neon: «B e B Tessuti». Piú in basso, un'altra insegna: «Alimenti in scatola per cani e gatti».

Cos'abbiano in comune i tessuti della «B e B» con gli «Alimenti in scatola per cani e gatti», si potrà stabilire in seguito.

A meno che con i residui della lavorazione dei tessuti non si sia riusciti a preparare alimenti in scatola per cani e gatti. O viceversa. Vedremo.

Ci riceve un bel tipo di segretario con un paio di sottili baffetti, con i capelli appena passati al pettine, con un bel completo estivo di giacca bianca e camicia aperta sul petto. Magro e distinto come un signore. Dai modi educati e gentili ma fermi e distanti, come si conviene a un segretario che si rispetti.

Tiene una cartella, segno distinguevole della sua casta, sotto il braccio. Dice: – I signori desiderano?

Sarti Antonio ha vietato a Rosas di aprire bocca, ma credo che la raccomandazione sia del tutto superflua.

– Parlare al signor Degennaro.

Giacchetta Bianca chiarisce che: – Il commendatore riceve solo per appuntamento. I signori sono stati preceduti da una telefonata?

– No, non mi pare proprio. Dica Sarti Antonio della Questura.

– E il signore?

– È con me, grazie.

Giacchetta Bianca sparisce nell'ufficio attiguo al suo e quando si ripresenta dice: – Si accomodino, prego. Il commendatore li sta aspettando.

È un bel commendatore con tutte le carte in regola: grasso quanto basta, calvo il giusto, sudato come sono sudati in agosto tutti i commendatori che si rispettino e con un bel vestito chiaro da commendatore. Attorno è tutto cosparso di divani, poltrone, tavolinetti, televisori e altre amenità da commendatore.

Lui, il Degennaro, ha la sua bella faccia rotonda, piena di salute, cordiale anche con i questurini e ciò fa molto piacere a Sarti Antonio nella sua qualità, appunto, di questurino.

– Prego, si accomodino. A cosa devo? Hanno forse qualche novità? L'ispettore capo, il caro dottor Raimondi, mi ha costantemente tenuto al corrente degli sviluppi delle indagini sulla morte del povero ragazzo. Il caro Raimondi, come lei certamente saprà, è mio buon amico, oltreché gradito cliente.

E con questo Sarti Antonio e Rosas dovrebbero ringraziare per l'informazione e togliere immediatamente il disturbo. Ma non se la sentono: sono in ballo.

– Ecco, io sarei venuto per chiarire alcuni aspetti...

Il commendatore lo interrompe: – Sarò lieto di aiutarla, nonostante io abbia già riferito piú volte al caro Raimondi tutto quanto sapevo. In verità ben poco. Ma dica, dica pure. Lor signori gradiscono? Ho di che soddisfare ogni esigenza –. Non aspetta la risposta e si rivolge a Giacchetta Bianca: – Giorgio, ti dispiace versare ai signori...

Sarti Antonio ferma Giorgio: – No, grazie. Non possiamo proprio accettare.

– E il suo giovane collega? Gradisce?

Rosas, fedele alla consegna di non aprire bocca, nega vigorosamente con il capo.

– Cosa può dirci, signor Degennaro, circa la somma di danaro trovata in tasca al piccolo Claudio Reni?

Il commendator Degennaro, prima di rispondere, aspetta che il suo Giorgio «Giacchetta Bianca» gli versi da bere, poi sorseggia con enorme piacere il fresco liquido e attacca con le sue tirate che lasciano poche possibilità di intervento.

– Come ho già avuto occasione di riferire al caro dottor Raimondi, suo diretto superiore, quel povero ragazzo non può essere sospettato di niente. Nel modo piú assoluto. Quei soldi non sono stati sottratti né a me né alla mia azienda. Non è vero, Giorgio? Figuratevi che lo si mandava in banca a depositare ingenti somme di danaro e non ho mai dovuto lamentare la benché minima irregolarità nei conti. Come può confermarvi il mio segretario. Non è vero, Giorgio?

Giorgio, come la precedente volta chiamato in causa, non risponde in quanto sa benissimo che non è necessaria la sua assicurazione.

Se ne sta in disparte come un perfetto segretario deve saper fare.

Presente e pure assente. Attento e pure distratto.

– Vi dico, un ragazzo d'oro. Ogni volta che gli chiedevo personalmente...

Sarti Antonio cerca di arginare e di intromettersi nel monologo, approfittando di una pausa con respiro.

– Qual era il lavoro del piccolo presso la sua azienda?

– Per la verità non l'avevo preso con me per farlo lavorare: era solo un ragazzo e non potevo pensare che continuasse quell'orribile lavoro in officina. Un'occupazione vera e propria, come le dicevo, non l'aveva.

Rosas non riesce a rispettare la consegna fino in fondo. Butta la sua battuta sottovoce: – Cuore d'oro.

– Prego?

È Sarti che risponde: – Niente. Vada avanti, prego.

– Quando io e Giorgio l'abbiamo visto in officina, in condizioni miserabili... Lo mandavo in banca, all'ufficio postale, lo tenevo con me. Insomma, cercavo di fargli trascorrere la giornata il piú allegramente possibile. Devo dire che il piccolo aveva cominciato ad affezionarsi a me. E anch'io. Sapete, non abbiamo figli. Qualche volta me lo portavo in villa...

– Cuore d'oro.

– ... e mia moglie lo accoglieva con molta cordialità, devo dire. Ma la passione del piccolo erano soprattutto le automobili. Credo di non avere mai avuto una vettura tanto ben conservata e a punto, nonostante Giorgio sia un provetto meccanico e un eccellente autista.

Una rivelazione, questo Giorgio. Uno da tenere amico nei casi disperati. Ci mancherebbe che fosse un buon imbianchino, un discreto idraulico e poi niente altro per il momento. Il Degennaro non ha smesso il suo dialogare con se stesso: – Ma per tornare al nostro scopo, non ho mai avuto occasione di dovermi lamentare del piccolo. Come i soldi siano finiti in quelle tasche non posso precisarlo, ma sono certo che non provenivano da attività illecite.

Finalmente, come Dio vuole, il Degennaro ferma la macchina delle parole per tornare al fresco bicchiere che ha sempre tenuto ben saldo in mano per tutto il tempo. Giacchetta Bianca riempie il bicchiere del principale mentre Sarti Antonio approfitta della pausa per scambiare un'occhiata con Rosas: non ne ricava molto. Rosas si stringe nelle spalle e non ha niente da dire.

– La ringrazio per le informazioni.

Si avvia alla porta ma il commendatore non ha finito.

– Niente ringraziamenti, per carità. Porti i miei ossequi al caro dottor Raimondi. Sempre a disposizione della giustizia. La legge è la legge. Certo che è stato un brutto colpo per quella povera donna. Pensate sia il caso che io... Voglio dire: ritenete che abbia delle necessità? Nel caso, disponete pure, disponete di me. Anzi, se non vi dispiace attendere un attimo... Giorgio.

Parla sottovoce al suo impeccabile Giorgio che, ricevuti gli ordini, esce dall'ufficio.

Sarti Antonio è interessato ai nuovi avvenimenti. Chiede: – Lei ha conosciuto la signora Lucia?

– Prego?

– La madre di Claudio Reni.

– Mi pare di averla veduta al funerale. Sono andato al funerale del piccolo...

– Che cuore d'oro.

Questa volta il commendatore deve aver afferrato il senso di quei mugolii. Infatti non parla piú, guarda diritto in viso Rosas e pensa a qualcosa. Poi decide: – Molto strano: mi pare di aver già veduto da qualche parte il suo giovane collaboratore. Non è un viso nuovo –. Riprende a pensare.

Sarti Antonio deve intervenire prima che quei pensieri arrivino alla loro logica conclusione. Il che potrebbe essere catastrofico per qualcuno.

– Può essere, può essere. È un giovane sempre in movimento. È il mestiere.

– Ci sono!

È la fine.

– Ci sono, ci sono! Io ho incontrato quel giovane

durante una manifestazione di protesta davanti alla mia fabbrica...

Come dicevo: è la fine.

Adesso aspettiamo la telefonata alla Questura, al «caro dottor Raimondi», e il cellulare verrà a caricare Sarti Antonio, ex sergente, e Rosas, studente che si è fatto passare per questurino.

– È lui! È proprio lui! Difficilmente io dimentico un viso. Il suo poi basta vederlo una volta. Sí, sí: gli operai non mi lasciavano entrare perché erano in sciopero... Pensate un po': non mi permettevano di entrare nella mia fabbrica. Io dico: chi ha mai impedito agli operai di scioperare? Di restare a casa loro? Ebbene, non mi facevano entrare in fabbrica, quegli energumeni. Nella mia fabbrica. Fortuna che ero chiuso nella mia auto e il cancello si è aperto subito. Me la sono vista brutta. E lui, il giovanotto, era in mezzo agli operai in sciopero e urlava come un ossesso. Ne sono certissimo.

È fatta: ora Sarti Antonio verrà cacciato con infamia dal corpo di Polizia, Rosas finirà in carcere per falso e io non so dove finirò. Magari sotto un ponte.

Ma il commendatore pare abbia preso bene la faccenda: ride.

– Siete dei dritti voi della Questura! Siete proprio dei dritti. E quegli scalmanati credono di fare la rivoluzione. Rivoluzione di merda.

Dice proprio cosí, giuro: rivoluzione di merda. Detto dal commendator Degennaro «B e B Tessuti e alimenti in scatola per cani e gatti», quella frase sembra una enormità.

– Rivoluzione di merda. Voi, drittoni, avete infilato dentro le loro manifestazioni balorde i vostri uomini. Siete dei dritti. E magari sapete anche i nomi dei miei operai piú pericolosi, dite la verità.

Sarti Antonio, sergente, riprende a respirare ed è

dispostissimo a dire tutte le verità che il commendatore vuol sentire.

– Certamente... conosciamo, conosciamo tutto. È il nostro mestiere, lei capisce. La tutela dei cittadini, l'ordine pubblico, i principî costituzionali... Lei capisce.

– Capisco, capisco tutto. Bravi, teneteli d'occhio. E non si potrebbe sapere qualche nome? A titolo personale, privatamente e in via riservata?

– Veramente, lei pretende troppo: segreto d'ufficio. Non è possibile. Cerchi di capire...

– Perfetto. E complimenti –. Guarda in faccia Rosas e scoppia a ridere ancor piú forte: – Ma come fanno, mi chiedo, come fanno a scambiarla per un rivoluzionario? Con quella faccia!

Fra una risata e l'altra è entrato Giorgio «Segretario Perfetto» che consegna una busta a Giulio Degennaro «B e B Tessuti eccetera».

– Grazie, caro, grazie –. Porge la busta a Sarti Antonio, sergente. – Tenga e veda di farla pervenire alla signora Luisa, alla signora Lina... alla madre del piccolo.

Sarti Antonio esita: – Non so se la signora Lucia... Voglio dire: non sarà il caso...

– Via, via –. Si alza dal tavolo, va vicino al Sarti e gli mette la busta nella tasca della giacca. Poi conclude la visita. – E me la saluti tanto la cara signora Luisa.

– Lucia –. Sarti Antonio ha rettificato con voce troppo bassa perché quello abbia inteso.

– E mi saluti anche il caro dottor Raimondi. E sempre agli ordini.

Sarti Antonio è abbattuto. Si avvia verso la porta ripetendo meccanicamente: – Sempre agli ordini.

Anche Rosas lo segue e conclude: – E cosí sia.

C'è poco da concludere: i risultati sono quelli che sono. Cioè zero. Né Sarti Antonio né Rosas hanno commenti da fare. Nella tasca della giacca di Sarti c'è qualcosa che pesa maledettamente: una busta che il sergente vorrebbe riportare in quell'ufficio, che vorrebbe non aver mai accettato, che vorrebbe non aver mai neppure veduto. E vorrebbe non essere entrato in quello stabilimento di tessuti e di alimenti in scatola per cani e gatti.

– Bell'affare. E quello conosce anche Raimondi Cesare. Magari gli telefona. Bell'affare.

Rosas gli risponde: – Tu non devi lamentarti! Sono io che devo incazzarmi come una bestia. Un questurino! Mi ha preso per un questurino. E per di piú porco e spione, che si mischia agli operai per fregarli!

– E la busta?

– La consegni alla madre del piccolo.

– Tu sei matto! Io non le consegno niente. Le uccidono il figlio e io le porto una busta con dei soldi. Ma cosa siamo diventati? Quella è capace di sputarmi in faccia.

– Quante pipe! Ti hanno dato dei soldi e tu li consegni a chi di dovere. Fanno schifo i soldi?

– Ma che razza di ragionamenti? Le hanno ammazzato il figlio.

– Non sei stato tu e non è stato quel grassone che ti ha dato i soldi. Cosa vai cercando? Quanti sono?

– Cristo, cosa devo sentire –. Si toglie dalla tasca la busta e la getta sul sedile posteriore dell'ottoecinquanta senza neppure aprirla.

Rosas si sporge, la raccoglie, l'apre e conta i biglietti. Fischia.

– Sai quanto c'è?

– Non voglio saperlo.

Rosas rimette via le banconote, richiude la busta e la infila nuovamente nella tasca di Sarti Antonio.

– Meglio che la tieni vicina al cuore. Vedi di non

perderla. È un dono di Dio. E se la vecchia non li volesse proprio, ricordati di me che sono povero, indigente, orfano e solo.

Sarti Antonio gli grida, senza guardarlo: – Non è una vecchia! – Cerca di mettere la quarta ma non riesce. Bestemmia. – Vacca! Vacca troia, vuoi entrare o devo incazzarmi?

Lui non se ne rende conto, ma è già incazzato. E neppure l'ottoecinquanta se ne rende conto perché non si preoccupa e non prende dentro la quarta. Sarti Antonio rinuncia e tiene la terza. Il motore è su di giri da far paura e non mi stupirei se un paio di pistoni decidessero di uscire dal rispettivo cilindro per andare a spasso per il cofano.

– Guarda tu se si deve fare questo schifo di lavoro!
– Dici a me?
– Dico a me! Posso pensare o disturbo?
– Pensa sottovoce; non riesco a concentrarmi.
– Capirai: il genio deve concentrarsi. Per i bei risultati di questa visita.

Rosas non lo ascolta piú. Ha cominciato il fischio: una sinfonia che conosce solo lui e pochi altri. Non la smette fino a quando Sarti Antonio lo scarica nei pressi di via Santa Caterina.

Rosas se ne va senza neppure salutare e allora Sarti Antonio gli urla, dal finestrino: – Grazie dell'aiuto.

Rosas fa segno con la mano, senza voltarsi, come per dire: «Di niente, caro. È stato un piacere».

12. Un attentato non guasta mai

Riesce a scovare Giraffa appoggiato alla sponda del biliardo proprio mentre la boccetta dell'avversario sta facendo uno splendido filotto. Giraffa ha indossato l'apposito grembiulino in modo da non sporcare la sponda lucida del biliardo con lo schifo dei jeans che si porta addosso. Che si porta addosso fin da quando ha compiuto gli undici anni. Il lungo collo da giraffa segue con movimenti armoniosi il percorso della boccetta sul verde tappeto.

– Salute, capo. Visto che boccetta?

Sarti Antonio gli va dietro e gli slaccia con amore il grembiulino, senza commentare.

Giraffa gli dice: – Non posso giocare senza il grembiule. Il barista non vuole.

– E ha ragione. Avrà visto i tuoi calzoni. Adesso però non devi giocare: devi venire con me. Andiamo a prendere aria. C'è troppo fumo qui dentro.

Giraffa getta con stizza le boccette sul tappeto verde del biliardo e dice: – Che razza di modi! Che c'è ancora?

– Vieni, vieni, che te lo racconto.

– Devo pagare.

– Pagherai domani. Il barista ti conosce e si fida: sei un galantuomo.

L'auto ventotto ha ancora il motore acceso e Felice Cantoni non è sceso.

– Monta.
– Ancora? Ma cosa...
– Facciamo un giretto. Non ti va la nostra compagnia?
– Figuriamoci: vivo per quella.
– La mamma?
– Che le frega di mia madre?
– Hai ragione: niente. Ma volevo essere educato. Come non sei educato tu. Cosa ti avevo detto?
– Mi ha detto tante cose che non ricordo tutto.
– Ti avevo pregato di lasciar perdere il piccolo Claudio.
– E chi ha fatto niente.
– Gli hai telefonato in officina perché ti rimediasse un pezzo di ricambio.

Giraffa allunga il collo, soddisfatto.

– Gli ho telefonato in officina. È tutto qui? Claus mi ha risposto merda. Non mi ha neppure lasciato finire il discorso. Quel ragazzo lei lo stava rovinando.
– Se ti avesse ascoltato, io, adesso, ti torcerei quel tuo lungo collo da giraffa.
– Gli telefonai per fare un favore a un amico. Uno che aveva necessità di un carburatore nuovo.
– Chi?
– Uno di qui. Del Pilastro.
– Possiamo andare a trovarlo? Chissà che non abbia il carburatore che stava cercando. Che ne dici?
– Se l'ha trovato, non gliel'ho procurato io. Né il povero Claus.
– Chi è?

Giraffa si è spinto troppo avanti e non può tirarsi indietro. Risponde: – Si chiama Gingio e abita a due passi da qui.

– E facciamoli questi due passi.

Davanti a un fabbricato lungo e basso, Giraffa si

avvicina a una finestrina sul marciapiede che dà in una cantina. Grida: – Gingio, vieni su.

Qualcuno mugola dall'altra parte e poco dopo arriva il Gingio in calzoni corti e canottiera. Ha due baffi di quelli che vanno di moda adesso e i capelli abbastanza lunghi per non sfigurare in un qualunque consesso di coetanei. Agli occhi di una ninfetta locale, potrebbe anche passare per un bel ragazzo. Ha i muscoli al posto giusto ed è alto quanto basta perché la ninfetta di cui sopra debba alzarsi sulla punta dei piedi per leccargli il baffo. Gingio guarda i tre con aria di superiorità e chiede, con voce calma, bassa e suadente: – Cosa cade?

– 'Sto tipo deve chiederti notizie.

'Sto tipo è poi Sarti Antonio, sergente, che prende la parola: – Quanto hai dato al piccolo Claudio per il carburatore della tua Pallas?

Gingio guarda Giraffa; lo guarda male e questi è costretto a difendersi: – Non ho potuto fare altro. È un questurino.

– E chi se ne sbatte se è un questurino? Perché non prova con me?

– Perché non ce ne sarà bisogno, – dice Sarti Antonio.

– E lo credo, – risponde il Gingio. Poi a Giraffa: – E tu sei sempre il solito pezzo di merda. Mai fidarsi di te, mai.

Giraffa ingoia quel po' di saliva che è riuscito a costruirsi in bocca. Sarti chiede: – Allora?

Gingio non si scompone e risponde con la solita voce bassa, calma e suadente: – Allora niente. Claus non ha portato il carburatore e io sono ancora fermo.

– Gliele hai procurate tu le duecentomila?

– Capirai che dritto sarei. Se avessi avuto duecento testoni mi sarei comprato dieci carburatori. Hai sbagliato indirizzo, capo. E vuoi sapere una cosa? Se conoscessi chi ha fatto del male al piccolo, andrei di persona a trovarlo, senza bisogno di farmi accompagnare da nessuno.

Detto questo, rutta, volta la schiena ai convenuti e sparisce in cantina.

– Che fa? Vive in quella cantina?
– Ci lavora in cantina.
– Bell'elemento.

Sarti Antonio ha ancora qualcosa da dire a Giraffa prima di lasciarlo tornare al bar a rivestire il grembiuletto da biliardo.

– Voglio sapere dove Claudio ha trovato le duecentomila lire. Chi gliele ha date. In questo quartiere le cose si imparano se si vuole. Fa' come credi, rivolgiti a chi vuoi, ma imparalo. E presto.

– E se non ci riesco?
– Ci riesci. Se non vuoi finire dentro per aver circuito un minore, per istigazione a delinquere e tutto quello che riesco a trovare nel Codice. E questa volta non esci se non lo voglio io: non si tratta di furto d'auto.

Quando l'auto ventotto riparte, Sarti Antonio, sergente, ha la netta impressione che Giraffa lo abbia mandato a dar via il tubo. O il cubo. O il culo. A giudicare dal movimento che hanno fatto le sue labbra. Ma non ci fa caso. Anche perché dalla Centrale arriva una comunicazione urgente.

– A tutte le auto, a tutte le auto. Recarsi nella zona di Corticella: è scoppiato un incendio di vaste proporzioni in un magazzino di merci. Pare si tratti di incendio doloso di origini politiche. Intercettare Alfetta grigia con tre uomini a bordo. A tutte le auto: i primi numeri di targa dell'Alfetta sono MI L28.

Felice Cantoni, agente, sorride perché adesso potrà sfogare la sua libidine di velocità. Mette dentro la terza e grida: – Lo sapevo. Lo aveva detto Raimondi Cesare che c'era della mossa in giro. Ha avuto ragione. Adesso comincia la danza.

– Nemmeno in agosto si può stare in pace. Non vanno piú in ferie quei rompiballe? Attento a quel pedone...

– Si è spostato.

– E se non si spostava?

– Ma si è spostato.

Naturalmente dell'Alfetta grigia targata MI e via dicendo, neppure l'ombra. Non è naturale invece che la prima persona che incontriamo davanti al rogo del magazzino merci sia Rosas. Con la sua bella faccia di talpa miope, se ne sta mescolato alla gente che osserva il falò. Sarti Antonio gli si avvicina e gli chiede: – Che ci fai qui?

– Guardo.

– Perché non te ne vai prima che a qualcuno venga in mente di arrestarti?

– Non è un reato, per ora, guardare un capannone che brucia.

– Guardare no; accendere il fuoco sí.

– Allora io sto tranquillo.

Il riverbero delle fiamme si riflette sui volti delle persone assiepate attorno e una immensa colonna di fumo nero si alza nel cielo come una nuvola. Ma quella nube non porta acqua: porta brandelli di carta bruciata sulla città, stracci di tela annerita dal fuoco; una nevicata di cenere che sporca le strade di una delle città piú pulite del mondo. Un vero peccato.

Sarti Antonio si avvicina all'auto di Raimondi Cesare: i vigili del fuoco stanno facendo del loro meglio ma pare che tutto ciò che viene gettato sulle fiamme, anziché spegnerle, contribuisca ad alimentarle.

Quel fuoco brucerà ancora per parecchi giorni.

A cosa può servire l'auto ventotto da quelle parti? Neppure Raimondi Cesare, ispettore capo, lo sa.

– Che ci fai qui?
– Per ora niente: guardo.
– Siamo in troppi a guardare. Vedi di renderti utile altrove.

Sarti Antonio ha l'impressione di non essere gradito. Accenna ad alcune frasi di circostanza: – La Centrale ha diramato...

– Quando la Centrale chiama tutte le auto, intende tutte le auto meno la ventotto.

La ventotto riparte a tutta velocità: a bordo c'è un Sarti Antonio che definire arrabbiato è poco. E ha ragione da vendere.

Da come lo ha trattato l'ispettore capo, ci sarebbero gli estremi per una lettera di dimissioni.

– Che s'impicchi.
– Dove andiamo?
– Dove ti pare.

Felice Cantoni, agente, ride forte: cerca di tenere alto il morale della truppa.

– Dove mi pare, dici? Allora si va a troie –. Aspetta il risultato della battuta: un'occhiata cattiva, da uccidere, e una bestemmia. Poi: – Torna al Pilastro.

I ragazzi del Pilastro, se non altro, hanno spazio per i loro giochi. Possono andare a frutta per i campi fino a che non interviene il contadino con la doppietta. Possono raccogliere ranocchie lungo i fossi della campagna, nelle sere d'estate. Possono guardare i fidanzati fare l'amore, distesi sui prati, sempre d'estate. Possono giocare a baseball negli spazi di terra dura, priva d'erba, senza pericolo di rompere i vetri del condominio.

Negli ultimi anni, non so se ci avete tenuto il conto, i guantoni e le mazze da baseball sono spuntati sui prati di periferia, assieme ai bambini, come spuntano le margherite in primavera. Non si sa ancora se è un bene o un male. Fatto è che i ragazzi pare abbiano dimenticato un po' la sfera di cuoio tanto cara ai padri, per calzare guanti, pure di cuoio, tanto cari agli americani e in particolare agli esportatori dei guanti medesimi. Alla fine chi ci rimette sono sempre le povere vacche che forniscono la materia prima sia per la sfera che per i guantoni.

Sarti Antonio, sergente, trova questi ragazzi mentre si lanciano una pallina e si divertono molto. Resta a guardarli per un po' e quando uno di loro ne ha abbastanza della pallina e del guantone, gli si avvicina. Il ragazzo si è seduto sul marciapiede e si asciuga il sudore; guarda gli altri che non hanno ancora voglia di smettere.

Sarti Antonio gli chiede: – Mi fai provare il tuo guantone? – Il piccolo alza gli occhi a guardare l'ultimo arrivato. Senza aprire bocca gli porge il guanto. Sarti Antonio cerca di calzarlo, ma la sua mano non è della stessa misura del guanto. Sorride e scuote il capo: – Non mi va proprio.

– Sai come si usa?

– Un po'. Ai miei tempi ero un buon prima base.

Sarti Antonio restituisce il guantone e siede anche lui sul marciapiede. Il ragazzino gli fa posto vicino a lui e dice: – Sono anch'io prima base.

– Me ne sono accorto. Devi essere bravo.

– Me la cavo.

È necessario entrare in argomento. Sarti Antonio ci prova: – Dove giocava il piccolo Claudio?

– Non era un tipo da baseball.

– Che tipo era, allora?

– Era tagliato per gli affari.

– Di che genere?

– Faceva affari con i grandi... Li aiutava per far su un po' di soldi. Non era tipo da baseball: troppo serio.

Sarti Antonio, sergente, non conosce la psicologia

dei bambini e ha il timore che fare altre domande insospettisca il ragazzo. Anche perché non dimentica mai di essere al Pilastro. Per un po' cambia discorso.

– Credo di essere stato uno dei migliori prima base dei miei tempi.

Il ragazzo accetta bene questo dialogo perché gli interessa. Chiede: – In battuta? Come te la cavavi in battuta?

– Non male.

Il ragazzo scuote il capo. Continua: – Io non sono molto forte in battuta: è il mio guaio.

– Non preoccuparti. È solo questione di allenamento. Il fisico ce l'hai.

– Ti pare?

– Ne sono certo –. Sarti Antonio dà un'occhiata verso l'auto ventotto: il Felice Cantoni sta lucidando il lunotto posteriore e sta dialogando con l'auto. Al solito. Ha sempre qualcosa da dirle. Sarti Antonio riprende: – Conoscevi bene il piccolo Claudio?

– Conosco tutti io: grandi e piccoli.

– Fai proprio al caso mio: per chi lavorava recentemente?

Come sospettava, a questa domanda il ragazzo si blocca e non risponde piú. Calza il guanto, si alza e dice: – Adesso devo andare a casa. È tardi –. Un'ultima occhiata ai compagni che giocano ancora.

E adesso? Adesso Sarti Antonio ci riprova: – Avevo promesso al piccolo Claudio che lo avrei portato a una partita.

– E credi che sarebbe venuto?

– Mi pare proprio di sí: eravamo rimasti in questo accordo. Doveva portare anche la madre: Lucia.

Il ragazzo si rilassa: i nomi familiari lo tranquillizzano. Si siede nuovamente e sorride a Sarti. Dice: – Ho capito: bel dritto. Da Claus a Lucia. Bel dritto. Ti piace?

– Non è male. Ti pare?
– Un po' vecchia per me –. C'è un attimo di pausa, poi il ragazzo riprende: – Perché vuoi sapere con chi lavorava Claus?

Sarti Antonio non risponde perché non ha argomenti. Cambia discorso: – Vuoi venire tu alla partita?

– Non ho una madre disponibile io. E neppure una sorella.

– Fa niente. Vuoi?

– Una partita di quelle vere? Della serie nazionale? – Sarti Antonio annuisce. Ma il ragazzo è di buona famiglia e infatti chiede: – Tu cosa vuoi in cambio? – Ha imparato che per niente nessuno regala.

– Non voglio niente –. Estrae dal portafogli il suo abbonamento e lo porge al ragazzo. Questo gesto gli costa molto. Dice: – Ecco: questo è un abbonamento. Puoi andare tutte le volte che vorrai. Da solo.

Il ragazzo non afferra subito il cartoncino, come ci si potrebbe aspettare. Esita, guarda in faccia Sarti Antonio e poi decide: – Mi sembri una persona seria: non hai l'aria di un finocchio.

– Grazie tante. Lo vuoi? Per niente.

C'è ancora un attimo di esitazione, ma il desiderio è troppo forte. Il ragazzo strappa di mano a Sarti il cartoncino e dice: – Ti credo. Grazie.

Sarti Antonio ha fatto tutto quanto poteva e adesso si sente in diritto di tornare sul discorso che gli interessa.

– Mi dici per chi lavorava il piccolo Claudio?

Il ragazzo guarda il suo abbonamento, prima di rispondere: – È molto importante?

Sarti Antonio, sergente, annuisce e allora il ragazzo dice: – Aveva trovato un lavoro in proprio, pare. Non so dove e non so in che ramo. Aveva ringraziato

Gingio, Giraffa e tutti gli altri e si era messo in proprio. L'ho visto un giorno con un cinquemila tutto suo. Non so altro. Parola.

– Sei sicuro che si fosse messo da solo?

– Io so quello che succede al Pilastro, e se dico che lavorava da solo ci devi credere. Il cinquemila non l'ha avuto da gente del Pilastro. Se fosse stato cosí, lo avrei saputo.

Adesso il piccolo ha finito: si alza e corre verso i compagni agitando in aria l'abbonamento. Grida: – Guardate qui! Guardate qui!

Sarti Antonio cerca di trattenerlo ancora e gli urla: – Aspetta...

Una voce che conosce bene, bassa, calma e suadente, lo interrompe: – Posso fare io? Serve qualcosa?

Si volta e si trova di fronte al bel Gingio, arrivato in silenzio chissà da quanto tempo, ad ascoltare i discorsi che Sarti Antonio stava facendo con il ragazzo.

Sarti Antonio, sergente, non risponde: lascia perdere i suoi problemi e si avvia verso l'auto ventotto. Ma Gingio lo segue e lo ferma trattenendolo per una spalla. Gli dice, intanto: – Devi imparare a lasciar perdere i nostri ragazzi. Non vedi che stanno giocando? Vuoi tirarne dentro un altro nei tuoi sporchi affari?

Sarti Antonio non ha voglia di intavolare un discorso circa i suoi affari piú o meno sporchi, ma non può trattenersi dal dire: – Gli affari sporchi non sono certo i miei.

– Sono sporchi. Non hai fatto abbastanza guai?

Gingio è alto una volta e mezza il Sarti Antonio, eppure questo discorso stride. È una vecchia storia che Sarti Antonio ha sentito troppe volte, che tanta gente ha già ripetuto e che adesso non vuol piú sentire. Da nessuno.

Guarda in faccia il bestione e gli dice, sotto il naso:
– Non dire piú una cosa simile. Non la sopporto e...

E non finisce perché, quasi senza volerlo o senza rendersene conto, colpisce Gingio nello stomaco, con tutta la forza del suo braccio. Appena quello si piega sulle ginocchia, lo colpisce ancora sul collo.

Ma Gingio è un bestione che sopporta questo e altro e i due colpi ricevuti li digerisce immediatamente. Allunga le mani per afferrare Sarti Antonio al collo, ma non ce la fa perché il sergente è già corso in auto e grida a Felice Cantoni: – Via, via. Quello fa sul serio. È matto!

Lasciano Gingio a urlare sulla strada e si allontanano velocemente.

– Non potevi avvertirmi che stava arrivando quel bestione?

– E chi lo aveva visto arrivare?

– Stavi facendo l'amore con l'automobile, è vero.

C'è un lungo silenzio a bordo e poi Felice Cantoni ci prova: – Dove andiamo adesso, capo?

– Dove vuoi che andiamo? È ora di smontare.

Felice Cantoni, agente, non risponde ma, per la verità, vorrebbe precisare che l'ora di smontare è già passata da un'ora. Mette la quinta e dirige verso la Centrale. Dentro di sé è contento: non lo dimostra perché non lo ritiene opportuno, né igienico. Infatti Sarti Antonio è raggomitolato nel suo angolo e si massaggia la colite. Borbotta chissà quali bestemmie, contro chissà chi.

Continua anche a casa, chiuso nel suo bagno, ma credo stia tirando le somme di una giornata infame esattamente come sono state infami le altre e che, come le altre, ha lasciato le cose com'erano prima.

Non come prima; adesso Sarti Antonio, sergente, ha

perduto anche l'abbonamento al campionato di baseball! E sa solo lui quanto gli è costato il privarsene. Io posso immaginarlo.

Sento che urla: – Quel deficiente mezzo scemo, mongoloide, orbo come una talpa. Bell'aiuto!

Credo si riferisca a Rosas.

13. Oh, benissimo! Qualcosa si risolve

A giudicare dal sonno che Sarti Antonio si porta addosso, devono essere le tre di notte. E alle tre di notte il telefono gli suona la sua sinfonia a due dita dall'orecchio destro.

È vero che il mattino ha l'oro in bocca, ma le tre sono sempre le tre.

Non ha il tempo di arrabbiarsi perché la voce di Raimondi Cesare, ispettore capo, ha il potere di calmarlo anche nel mezzo di una crisi colitica.

– Sarti Antonio? Da me immediatamente. Cose grosse, cose grosse.

E interrompe la comunicazione: un modo come un altro per evitare discussioni che, comunque, sarebbero state inutili.

– Neppure il tempo di rispondere pronto. Come fa a sapere che ho risposto io?

Spegne la luce e si gira dall'altra parte deciso a continuare il sonno. Per poco.

– È capace di mandarmi un paio di agenti, quello. E si alza.

La prima cosa che vede nell'ufficio del Raimondi Cesare, ispettore capo, è il cofanetto sul tavolo. Bello, illuminato dalla lampada, posato su un foglio di giornale, aperto a mostrare il suo tesoro. Poi riesce a mettere a fuoco Raimondi Cesare, ispettore capo, e il suo bel sorriso di trionfo sul viso. Ancora: Corticelli Clodo il nevrotico, pelato, responsabile della mostra numismatica. Costui non è sorridente; pare, anzi, sia piuttosto svuotato e, cosa strana, se ne sta immobile con gli occhi fissi sul cofanetto quasi temesse di vederlo sparire ancora sotto i suoi occhi.

– Lo riconosci?
– Sissignore: Corticelli Clodo. Ho avuto il piacere di...

Raimondi Cesare lo fulmina con gli occhi e gli indica, perentorio, il cofanetto.

– Questo, dico. Lo riconosci?
– Come no? Mi fa piacere rivederlo.

Sarti Antonio, sergente, non ha ancora riacquistato interamente le facoltà intorpidite dal sonno. Infatti, se fosse nel pieno delle sue facoltà, non farebbe tanto spirito nell'ufficio dell'ispettore capo. Soprattutto alla presenza di estranei.

Raimondi Cesare lo ripaga alla stessa maniera.

– Già, ma non per merito tuo.
– L'importante è che sia di nuovo fra noi. A chi dobbiamo l'onore del furto?

Un silenzio da cimitero alle tre di notte accoglie la sua domanda. Il bel sorriso che aleggiava sul volto di Raimondi Cesare è sparito e Corticelli Clodo ricomincia a smaniare com'è solito fare.

È proprio costui che gli risponde: – Oh, benissimo. Se sapessimo chi è stato a commettere il furto, non avremmo disturbato lei in piena notte.

Sarti Antonio è sul punto di dire che non importava comunque disturbarlo, ma Raimondi Cesare lo gela ancora di piú e decide che non vale la pena.

– È da te che lo vorremmo sapere, è vero come si dice.

Sarà una gara dura.

Ne sono convinto e ne è convinto Sarti Antonio.

- Farò il possibile.

Aspetta che si decidano a illuminarlo perché lui, Sarti Antonio, ne sa esattamente come quando dormiva.

Il caldo di quella notte d'estate pesa sull'ufficio come fosse mezzogiorno e tutti i convenuti, tranne il cofanetto e le monete, sudano abbondantemente. Eppure nessuno pensa ad asciugarsi le gocce che rigano i visi. Fuori da quell'ufficio, non un cane a rompere il silenzio e l'immobilità dell'aria pesante quanto l'afa che regna in tutta la città. Nella stanza di Sarti Antonio non faceva tanto caldo. Tirarlo giú dal letto per quelle tre monetine è un'assurdità che Sarti non riesce a capire. Eppure il sergente è là, impalato, a guardare oggetti dei quali non gl'importa assolutamente niente.

- Ricatto. Ricatto, caro Sarti. Qualcuno ha restituito le monete dietro versamento di trecento milioni. Il pagamento è già avvenuto da parecchio tempo ma lo scambio si è verificato solamente questa notte.

Trecento milioni! Trecento milioni!

Sarti Antonio non trova altro da dire che: - Noi non ne sapevamo niente. Nessuno ci aveva avvertito...

Corticelli Clodo si agita dalla sedia: - Oh, benissimo. Dovevo anche raccontarvelo in modo da correre il rischio di perdere per sempre quelle preziosissime monete. Oh, benissimo.

Raimondi Cesare, ispettore capo, riprende la parola: - Non è questo il punto, è vero come si dice. Non è questo. L'importante è che adesso abbiamo degli elementi su cui lavorare. Lavorare, caro Sarti.

Quali siano questi elementi Sarti Antonio non immagina ancora, ma risponde ugualmente: - Già, abbiamo elementi.

- E quali sono questi elementi, è vero come si dice? - Lo chiede a Sarti o è una domanda che non chiede? - Essi sono: l'analisi della Scientifica sul reperto appena recuperato, il luogo e le modalità secondo le quali è avvenuto lo scambio, il lungo tempo trascorso fra il pagamento del riscatto e la restituzione del materiale, le modalità secondo le quali, è vero come si dice, è avvenuto il contatto fra rapitori e proprietà.

Il sorriso è tornato sulle labbra dell'ispettore capo; in compenso dal viso di Sarti Antonio è sparito ogni desiderio di allegria presente e futura perché immagina dove porterà il lungo discorso del suo diretto superiore. Infatti:

– Dal momento che tu, è vero come si dice, hai seguito il caso fin dal suo inizio, non vedo chi meglio di te, è vero come si dice...

E va avanti per un pezzo tessendo un ampio elogio alle facoltà intellettive di Sarti Antonio, sergente, che, intese alle tre e passa di notte, fanno uno strano effetto. Soprattutto sul Sarti Antonio. E dal momento che dovrà occuparsene personalmente, decide di iniziare piú che subito. Chiede: – Visto che ci siamo, chi è stato incaricato a effettuare il pagamento del riscatto? Chi ha tenuto i contatti con i rapitori?

Corticelli Clodo: – Oh, benissimo. E chi se non io? Mi premeva troppo il recupero di questo prezioso cofanetto per affidare ad altri l'incarico. Fidarsi è bene... come dice il proverbio. E io ne so qualcosa.

Anche Sarti Antonio. Che riprende il discorso.

– E com'è avvenuto lo scambio?

– Molto semplicemente: ho ricevuto, parecchi giorni or sono, una telefonata che mi ordinava di depositare il pacco contenente i milioni in un luogo ben preciso, vicino all'ingresso della tangenziale. Oh, benissimo, quando vorrà vedere il luogo esatto... Per essere certo che non si trattasse di impostori, mi sono fatto descrivere dettagliatamente il cofanetto e il suo contenuto...

– E poi?
– Ho depositato il danaro e me ne sono tornato a casa, secondo le istruzioni ricevute. Avrei immediatamente avuto altre disposizioni per il recupero dei preziosi.
– Ha depositato i trecento milioni e se n'è venuto via?

Corticelli Clodo non sa darsi pace. Ha ripreso ad agitarsi anche mentre risponde alle domande di Sarti Antonio.
– Oh, benissimo. E che altro avrei potuto fare? Che altro?
– Niente. E poi?
– Ho aspettato le successive istruzioni chiuso in casa. Finalmente, a notte inoltrata, mi hanno ritelefonato per dirmi che avevano ricevuto il danaro ma che, per un piccolo inconveniente, non potevano restituire immediatamente il materiale. Che stessi comunque tranquillo che prima o poi avrei ricevuto un'altra telefonata e che loro, i rapitori, erano persone oneste cosí come lo ero stato io nel consegnare il danaro richiesto.

Sarti interviene: – Ragazzi perbene, non c'è niente da dire.

Il Clodo non si preoccupa dell'interruzione e continua: – Mi avrebbero restituito il cofanetto. E come vede, hanno mantenuto la parola, anche se è passato tanto tempo che ormai avevo perduto la speranza di rivedere le monete e i trecento milioni.
– Come hanno restituito il cofanetto?
– Un'altra telefonata mi ha avvertito che nel cestino dei rifiuti posto davanti all'ingresso dello stadio comunale avrei trovato un pacco confezionato con carta di giornali. Ecco il pacco.

Sarti Antonio, per la prima volta da quando ha messo piede nell'ufficio dell'ispettore capo, si avvicina al tesoro e guarda il tutto senza toccare. Poi chiede: – Suppongo che lei abbia toccato tutto. Abbia distrutto le impronte che eventualmente si sarebbero rilevate sia sulla carta di giornale che sul cofanetto...

Corticelli Clodo oltreché agitato ora è anche offeso: – Oh, benissimo. Per chi mi ha preso? Adesso sono anche rimbecillito. Oh, benissimo. Sono lieto di dirle che ho usato tutte le precauzioni del caso affinché non si distruggessero eventuali indizi sia sulla carta di giornale che sul cofanetto.

Non c'è piú niente da chiedere, mi pare, e quando lasciano l'ufficio di Raimondi Cesare, l'alba è ormai cosa fatta.

Sarti Antonio è perfettamente convinto che non si riuscirà a niente, anche se l'ispettore capo gli ha messo un braccio sulla spalla e gli ha consegnato la cartella contenente la relazione della Scientifica sul cofanetto ritrovato.

È convinto di questo ma non se ne preoccupa.

D'altra parte, quando mai dei rapitori di qualsiasi cosa hanno lasciato tracce tali da permettere la loro individuazione?

D'altra parte, per quale motivo Raimondi Cesare, ispettore capo, gli avrebbe affidato quell'incarico se non per fargli fare un'altra magra?

D'altra parte, perché tirarlo giú dal letto alle tre di notte se non per sadismo? Se non per farlo soffrire?

D'altra parte, cosa diavolo interessa a Sarti Antonio che ci sia gente disposta a versare trecento milioni (trecento milioni!) per tre maledette monete antiche?

D'altra parte, non sono, esse monete, di nuovo al legittimo proprietario?

Mentre ritorna a casa è fermamente deciso a sbattersene delle monete, di Corticelli Clodo e della numismatica in genere ed è altrettanto fermamente deciso a continuare nelle sue ricerche per un caso ben piú importante: la morte del piccolo Claudio.

E ciò anche se un poliziotto «è al servizio di tutti i cittadini», com'è riportato nei manifesti che tappezzano l'autorimessa della Centrale. E i corridoi della Questura.

Ha ancora nella tasca della giacca una busta che non ha neppure aperto. Un giorno deciderà cosa farne.

Può anche essere che Rosas abbia ragione e che quei soldi vadano consegnati a Lucia. O può essere di no.

– Come Cristo si deve comportare un uomo normale in questo mondo merdoso? Possibile che tutto si riduca a una questione di soldi?

Ha cominciato a ragionare a voce alta senza aspettare di arrivare a casa e chiudersi nel bagno. Dai finestrini dell'ottoecinquanta entra finalmente un po' di fresco del mattino. Ma entrano anche le occhiate sospettose di un netturbino che sospende la pulizia della strada per fissare quel matto che si agita e urla, chiuso dentro la macchina ferma al semaforo.

– Abbiamo bevuto troppo, capo? Una bella dormita e tutto passa.

Il semaforo segna verde.

– Guarda se la gente deve occuparsi dei fatti altrui –. Si affaccia perché non vadano perdute le parole seguenti: – Brutto stronzo!

Dallo specchietto retrovisore può vedere lo spazzino che agita le mani. Ma non in segno di saluto.

Sarti Antonio riprende i suoi ragionamenti a voce alta e lascia l'operaio al suo destino di operaio. Destino infame.

Entra in casa e getta sul tavolo la cartella della Scientifica che rimarrà sul tavolo per parecchio tempo, dimenticata da Dio e dagli uomini. Dimenticata soprattutto da Sarti Antonio.

Si guarda attorno e ha l'impressione di non essere solo. Se non avesse trovato, entrando, la porta chiusa a chiave esattamente come l'aveva lasciata uscendo, sarebbe il caso di guardare sotto il letto, nell'armadio, tanto è chiara la sensazione di non essere solo.

– Ci mancherebbe solo questa –. Guarda l'orologio. – Che sono venuto a fare a casa a quest'ora? Ho il tempo per togliermi le scarpe e poi tornare in servizio.

Va in cucina a prepararsi la droga e mentre lavora attorno alla macchinetta per il caffè, gli arriva il suono di una sinfonia per fischio solista, inconfondibile: sinfonia alla Rosas. Si affaccia alla finestra ma il fischio non viene da fuori: si direbbe dalla camera da letto. Dalla sua camera da letto!

Dove trova Rosas. Sdraiato, con le scarpe ai piedi e i piedi sulle lenzuola bianche di bucato.

– Andiamo bene!

Non perde neppure tempo a chiedere com'è entrato o cosa ci fa sul suo letto, dal momento che la risposta sarebbe una di quelle che solo Rosas è in grado di confezionare al mattino presto.

Quel bel tipo di orbetto non fa una piega: – Sei arrivato finalmente. Passi le tue ore libere nel talamo di qualche grassa prostituta cittadina? Pensa al dolore che daresti alla vecchia madre se solo lo imparasse.

Disgustoso. Sarti Antonio lascia perdere ogni tipo di spiegazione e torna in cucina ripetendo: – Andiamo bene!

Rosas lo raggiunge e Sarti Antonio è costretto a preparare una tazzina anche per lui.

– Avresti potuto toglierti almeno le scarpe.
– Perché?
– Perché? Perché niente. Ti trovi bene a casa mia?
– Un po' caldo. Potresti installare un condizionatore.

– Terrò presente. Con gli straordinari del trimestre in corso vedrò cosa si può fare in merito.

– Con gli straordinari? Stiamo freschi.

– Non è quello che vuoi?

Siedono e bevono il caffè. Un caffè che si rispetti, e quello di Sarti lo è, va bevuto con calma, seduti e in silenzio. Rosas lo sa: almeno questo gli ha insegnato Sarti Antonio. Non è molto, ma è pur sempre qualcosa.

– In che posso esserti utile, caro amico?

Rosas annuisce, si appoggia allo schienale e chiude gli occhi. Beato. Non parla. Sarti Antonio, sergente, ha il tempo di riportare le tazzine sul secchiaio, di tornare a sedere e di chiedere: – Allora?

– Si sta meglio in Santa Caterina.

– Non me lo dire. Hai ragione: piú sano, piú fresco e piú umidità. Per un fungo come te, è l'ambiente ideale. Quando avrai la mia età, sarai pieno di reumatismi da far schifo. Sarai un rottame. Sei venuto per dirmi questo?

– Anche. Sai a cosa pensavo?

– Hai fatto lo sforzo?

Rosas si alza, si toglie gli occhiali che depone sul tavolo, davanti a lui in modo da non dover cercare troppo. Barcollando come un ubriaco si avvicina alla finestra e, stranamente, ci arriva senza inciampare in qualche oggetto. Non perché veda la finestra, semplicemente perché suppone sia da quella parte. Si stira, si passa le mani sul viso ed esclama: – Bel panorama. Meglio del mio in Santa Caterina.

– Buonanotte. Adesso vuol farmi credere di vederci pure senza occhiali. È il giorno dei miracoli.

Anche Sarti Antonio va alla finestra e gli porta gli occhiali.

– Prova con questi e vedrai che il panorama non è poi tanto bello.

– Pensavo che il piccolo Claudio è stato ucciso perché doveva raccontarti o mostrarti qualcosa.

Sarti Antonio è sbalordito: – Grazie al cazzo! E ci hai messo due mesi per arrivarci? Capirai la novità. E perché credi che io sia diventato scemo a cercare indizi? Per divertimento? È proprio perché sono coinvolto che...

Rosas lo interrompe: – Che urli? Che urli? La gente perbene è ancora a letto. Per di piú dorme con le finestre aperte, come puoi vedere là di fronte. Vuoi svegliare la bella addormentata?

Sarti Antonio guarda dove ha indicato il Rosas e si rende conto del perché il panorama avesse attirato l'attenzione del miope: una bella signora bionda, nuda, dorme sul letto posto esattamente di fronte alla finestra.

– Cristo. Chi l'aveva mai veduta.

– Sei tu che hai bisogno di occhiali.

In silenzio, preoccupati di non turbare il sonno della deliziosa signora bionda, restano a contemplare fino a che Rosas non conclude: – Peccato che abbia un marito tanto vecchio e grasso.

– Non dirmi che conosci il marito.

– Lo vedo.

– Dove?

– Nello specchio.

Lo spettacolo perde ogni interesse: il marito è nudo, vecchio e grasso. Perfino brutto. Sarti Antonio si ritira: – Fai schifo.

– Io?

– Sissignore. Abito qui da un secolo e non mi sono mai accorto di quella donna nuda a letto. Arrivi tu...

– Non te ne sei mai accorto perché dormi. Dormi sempre: a casa, in servizio, al Pilastro, a Palazzo Re Enzo. Non fai che dormire.

Sarti Antonio non sopporta che il primo venuto gli

rinfacci il suo passato. Torna verso la finestra e grida:
– Sai che ti dico? Vai a dar via il tuo...

Rosas gli chiude la bocca con una mano. – Zitto: vuoi svegliare il vecchio?

Infatti il vecchio è saltato dal letto, nudo, vecchio e grasso, ed è corso alla finestra. Urla anche lui, nudo, vecchio e grasso: – Maiali. Tutti e due! Io vi denuncio! Copriti, tu! Vedi cosa succede a dormire con le finestre spalancate?

Chiude le tendine e continua la litania per un pezzo, non si capisce se diretta alla bionda o ai due maiali.

Anche Rosas si ritira dalla finestra.

– Addio panorama. E magari quello ti denuncia sul serio.

– Ti ho sopportato fin troppo. Che accidenti sei venuto a fare? Il caffè te lo sei bevuto...

Rosas torna a sedersi al tavolo e riprende il discorso che aveva interrotto.

– Dicevo che secondo me il piccolo è stato ammazzato perché doveva dirti o mostrarti qualcosa...

– E io ti ho risposto: grazie al cazzo! Che vuol dire: sono riuscito a pensarlo anch'io.

– ... e mi pare che l'unica cosa da fare sia proprio scoprire cosa doveva dirti o mostrarti.

– Come no! E poi basta scoprire dove ha preso le duecentomila lire...

– Non è tanto importante. Scopri cosa voleva dirti o mostrarti e scoprirai chi gli ha dato le duecentomila, chi l'ha ucciso e via dicendo.

– Si dà il caso che nessuno sia in grado di riferirmi ciò che il piccolo aveva intenzione di comunicarmi. Né sua madre, né i suoi amici, né il suo precedente datore di lavoro, né il suo attuale datore di lavoro, né i suoi compagni di lavoro...

Rosas lo interrompe e scuote il capo: – Non è possibile.

– Non è possibile: ha parlato l'oracolo. Il piccolo Claudio era limpido come l'acqua eppure nessuno sa niente. Sua madre, Giraffa, Gingio, i ragazzi del Pilastro. Nessuno!

– E tu? Sei sicuro di non saperlo? Hai provato a pensarci sopra?

– Ci ho pensato. Ho rifatto tutte le parole che ci siamo scambiati, tutti i dialoghi. Niente.

Rosas si è di nuovo tolto gli occhiali e continua a esporre il risultato di notti e notti di insonni ragionamenti.

– Non c'è molto da girare. Il piccolo si era, probabilmente, affezionato a te... Come possa essere accaduto non lo so, e voleva in qualche maniera esserti utile. In che modo? Dandoti l'opportunità di fare il tuo mestiere di questurino.

– Non si scappa: là attorno girano ladri, puttane, protettori, drogati, culoni...

E chissà cos'altro direbbe se Rosas non lo fermasse: – Sei fissato! Il Pilastro è il Pilastro e il responsabile deve per forza essere nascosto al Pilastro! Sei fissato. Un ladro non ammazza un ragazzo perché teme venga a raccontarti di un furto d'automobili. E neppure un protettore o una puttana.

– Allora?

– Allora non ti resta che cercare di sapere chi era al corrente che il piccolo voleva dirti o mostrarti qualcosa. Scoprire chi lo ha visto parlare con l'agente quella notte. Ancora una volta, caro mio, ha ragione Carletto quando dice...

– Carletto?

– Carletto Marx.

– Lascia perdere il tuo Carletto che con la morte di Claudio non ha niente a che vedere.

– Povero matto! Ricordati che, come dice il Carletto, il sottoproletariato, questa putrefazione degli infimi strati della società, che in seguito a una rivoluzione proletaria viene scagliato qua e là nel movimento, sarà piú disposto, date le sue condizioni di vita, a lasciarsi comprare per mire reazionarie. Pagina 114 del *Capitale*, edizione Einaudi.

– Vuoi proprio ficcarlo dappertutto.

– Ti pare ci stia male?

Sarti Antonio non gli risponde perché dovrebbe inventare qualcosa che al momento non gli viene. E poi qualcuno ha suonato alla porta.

– Chi rompe alle sei di mattina?

Va ad aprire e si trova davanti due questurini in divisa. Gli entrano in casa come fossero i padroni.

– Cosa volete voi due?

Non gli rispondono neppure, e mentre uno rimane sulla porta, l'altro si avvia alla finestra, si affaccia e urla: – È qui?

– Proprio lí. Portateli dentro i due maiali! I due guardoni!

Sarti Antonio non ha avuto il tempo di aprire bocca tanto le cose si sono svolte in fretta. Quando l'agente ritorna verso di lui non trova di meglio che guardarlo in faccia e attendere un chiarimento.

Rosas scoppia a ridere divertito. L'agente che si era fermato sulla porta, evidentemente per precludere ogni via d'uscita ai malviventi, pare il piú sveglio dei due e si accorge che Sarti Antonio non è un viso nuovo. Da qualche parte deve aver già visto quel tipo: magari è un pregiudicato. Ma poi ci arriva. Da solo.

– Oh, questa è bella. Sarti Antonio. Il sergente Sarti Antonio che guarda le donne nude dalla finestra!

– Che guardo? Quel figlio di puttana...

Corre alla finestra e grida al vecchio nudo, brutto e grasso della finestra di fronte che aspetta ancora di vederlo uscire in strada con le manette: – Vecchio ruffiano! Vecchio porco! Mettiti il pigiama quando vai a letto! E di' a quella vacca di tua moglie che chiuda le tendine se non vuoi che le contino le crespe. Vecchio, grasso ruffiano!

Il signore della finestra di fronte si ritira dignitosamente nei suoi appartamenti per non scendere a turpiloquiare con quell'energumeno. Adesso ci penserà la Giustizia. La Legge.

L'intero fabbricato è ormai sveglio e affacciato. C'è chi parla di un attentato delle Brigate rosse e chi del rapimento di un industriale.

La grassona che abita nell'appartamento a fianco di Sarti Antonio, arruffata e in camicia da notte, si sporge dalla terrazza e chiede: – Signor Sarti, signor Sarti, cos'è successo? Hanno arrestato qualcuno?

– Sí, tuo nonno.

– Come ha detto?

Rosas non si occupa piú di quanto sta succedendo attorno: non è di sua competenza. Lui è ospite momentaneo. Seduto al tavolo, sfoglia con interesse e un certo distacco dalle cose mortali la relazione della Scientifica sul cofanetto ritrovato, e pare che ci trovi dei dati interessanti per la sua tesi sulla delinquenza e sui metodi per reprimerla. Appena le acque si calmano e suppone che Sarti Antonio sia rientrato in possesso delle proprie facoltà mentali, lascia perdere la relazione e dice: – Io vado. Grazie per il caffè. Se ti serve aiuto, fammelo sapere.

Sarti Antonio lo saluta con un grugnito e non lo degna di uno sguardo.

14. Lasci perdere, sergente, è meglio per tutti

Alle undici di sera Sarti Antonio, sergente, arriva con l'auto ventotto al Pilastro. Con lui ci sono Felice Cantoni, al volante, e i due agenti che la notte famosa incontrarono il piccolo Claudio prima che venisse ucciso.

Uno di questi dice: – Eravamo proprio qui. Ferma, Felice.

Felice Cantoni accosta l'auto ventotto al marciapiede.

– O forse eravamo piú avanti?
– Se non lo sai tu. Qui o piú avanti?
– Qui. Direi qui. Non ti pare?

L'altro agente alza le spalle e Sarti Antonio decide per loro.

– Facciamo che eravate circa qui. Allora, cos'è accaduto esattamente?

Scendono tutti e si guardano attorno. L'agente che sa anche parlare oltre che guidare una vettura, ripete ancora una volta la sua spiegazione.

– Come ti ho già detto venti volte, io ero seduto al volante e mi si avvicinò un ragazzo...

Sarti Antonio lo interrompe. – Devi dirmi tutto: da dove veniva, se correva o se passeggiava, se era seguito da qualcuno o era solo, com'era vestito, se era agitato o tranquillo, se aveva in mano degli oggetti, se aveva il cappello in testa... Voglio tutto e chiaro. Anzi, facciamo che tu sei il ragazzo e io sono te al volante. Vediamo.

Mentre l'agente si allontana per rifare la scena di quella notte, Sarti Antonio monta sulla vettura e si mette al posto di guida.

L'agente gli si avvicina senza gran fretta, passeggiando. Quando è a due passi dall'auto, si ferma e dice: – È successo cosí. Si è avvicinato, e quando si è accorto che nell'auto non c'eri tu...

– Ma se mi hai detto che ha aperto lo sportello della macchina.

– È vero. Dunque: si è avvicinato.

– Avvicinati.

L'agente esegue. Apre la portiera e guarda dentro.

– Appena si accorse che tu non c'eri, rimase male.

– Rimani male.

L'agente rimane male.

– Gli chiesi se aveva bisogno di qualcosa...

– Con quali parole?

– Non ricordo. E lui mi disse...

– Voglio le sue parole esatte. Chiedi.

– E come faccio a ricordare? Dunque: «Non c'è Sarti Antonio?» «Fa il turno di giorno», rispondo io. A questo punto il piccolo fece per andare e io lo fermai: «Cosa vuoi da lui?» – L'agente si interrompe: ne ha piene le tasche di quella commedia. Poi riprende paziente: – Ti ho detto tutto ormai venti volte.

– Lo so. E ogni volta in maniera diversa dalle precedenti. Adesso vedi di ricordare se qui attorno hai notato qualcuno. Se altri hanno assistito alla scena.

L'agente si passa una mano sulla fronte, pensieroso, preoccupato.

– Come posso saperlo? Come posso? – Si volta verso il collega che non ha ancora parlato: – E tu non dici una madonna! Eri seduto al mio fianco o sbaglio? Non hai ancora aperto bocca.

Quello alza le spalle mentre Sarti Antonio incalza.

– Avanti: c'era gente o no?
– Non ricordo: mi pare che fossimo soli.
– Cristo, come si fa a cavar fuori qualcosa da voi due? Intanto siamo riusciti a sapere che si è avvicinato senza correre. Aveva qualcosa in mano? Qualcuno lo seguiva?
– Mi pare di sí...
– Sí a cosa?
– A quello che aveva in mano. Mi pare... un pacchetto. Piccolo. Lo teneva nella destra.
– Cosa pensi che contenesse?
– Non lo so. Come posso saperlo! Pareva avvolto in carta di giornale...
– Pareva... Mi pare... Non lo so... Cristo! Avanti: dov'è andato poi?
– Poi è andato di là. Sono certo che è andato di là.
– Una cosa certa: è andato di là. Andiamoci anche noi.

Arrivano al bar e, seduto a prendere il fresco, ci trovano il buon Giraffa. Appena costui si accorge del gruppo che si avvicina, si alza e cerca di cambiare aria. Non ce la fa perché Sarti Antonio lo chiama. Mentre si avvicina al gruppo, Sarti Antonio lo indica all'agente e gli dice: – Questo tipo era da quelle parti quando Claudio ti ha raggiunto?

L'agente guarda bene il nuovo venuto e poi scuote la testa. Si rivolge al collega muto e gli chiede conferma con gli occhi. Quello ripete meccanicamente il gesto di alzare le spalle.

Sarti Antonio chiede a Giraffa: – Dov'è il finocchio?
– È dentro, al bar. Gioca a boccette.
– E ti pareva? A che vuoi che giochi? A boccette. Ti spiace farlo uscire? – Giraffa entra nel bar e quando esce si trascina dietro il piccolo Volata. Sarti Antonio chiede ancora all'agente: – E questo? Mai visto prima?

L'agente continua a negare con il capo. Sarti Antonio non ha altro da fare se non rimandare Giraffa a spasso e Volata a stringere le boccette. Giraffa si avvicina al sergente e gli dice: – Ho qualcosa da dirle.

– Sentiamo.

– Non qui. Non ho voglia di farmi pestare per aver parlato con un...

Sarti Antonio, sergente, lo interrompe: – Ti raggiungo a casa tua, fra poco.

Il convegno è sciolto: i due agenti che hanno accompagnato Sarti tornano alla ventotto. Felice Cantoni chiede: – Che si fa?

– Aspettatemi in auto. Torno fra poco.

Giraffa lo sta aspettando in casa sua, davanti al fornello a gas. Sul tavolo ha già messo due tazzine e lo zucchero. Attorno c'è il solito cattivo odore che non se ne andrà mai perché già entrato nell'intonaco, nei pavimenti, nei mobili, negli abiti, nei piatti. Sarti Antonio si accerta dello stato di pulizia della tazzina, dal momento che è destinata a lui. Pare abbastanza soddisfatto e siede. Dalla solita camera arriva il solito rantolo regolare di qualcuno che dorme, al buio, con l'esofago strozzato. Sarà la solita madre malata. Dalla porta a vetri del bagno arriva una debole luce e il pigolare di una nidiata di pulcini. Pare che le galline abbiano avuto eredi. Sarti Antonio è indeciso se andare finalmente a vedere la vecchia rantolante o i nuovi nati nella vasca da bagno. Decide che è bene non vedere né l'una né gli altri. Attende il caffè di Giraffa.

Dal fornello si alza l'aroma che però si perde prima di arrivare fino a Sarti Antonio, coperto dai mille odori di quella incredibile casa-pollaio. Il sergente osserva bene il Giraffa e si chiede come poteva un ragazzo in gamba come il piccolo Claudio perderci tempo assieme. Forse Sarti Antonio ha sempre sbagliato a giudicare il ragazzo. Ma sono molte le cose che non riesce a capire sul quel luogo infame. Non capisce come ci si possa vivere, come si riesca a parlare con il prossimo, perché non se ne vadano tutti. Non riesce a capire piú tanto chiaramente neppure il motivo che lo spinge a tornarci per cercare qualcosa che non troverà mai. Non capisce perché si muova e agisca come sta muovendosi e agendo. Forse per dispetto a chissà chi. O per far piacere a chissà chi. Dispetto a se stesso, soprattutto.

Quella casa lo opprime. Giraffa, il Pilastro lo opprimono. Ma c'è forse qualcosa che non lo opprime in questi giorni?

Eppure il suo destino si confonde fra quelle strade, dal momento che è qui che finisce sempre per ritornare.

Il rantolo di quella donna nascosta nel buio si confonde con i rumori che salgono dalla strada. Un unico rantolo: il segno della vita del quartiere.

– Non beve, sergente?

Annuisce e porta la tazzina alla bocca. Per la prima volta non commenta un caffè. Probabilmente non lo sta neppure gustando.

– Come sta?

Accenna col capo alla camera dov'è, al buio, la madre e Giraffa alza le spalle: – Sempre cosí.

– Cosa volevi dirmi?

– Molte cose. Intanto c'è gente che è stanca del suo modo di fare. C'è gente che ne ha le tasche piene e ha deciso di darle una lezione. Stia quindi molto attento quando viene da queste parti.

– E chi?

Giraffa alza ancora le spalle. – Non lo so: voci. Lei non può continuare a farla da padrone solo perché è un questurino. Prende a pugni la gente...

– Ho capito: Gingio.

– ... prende a pugni la gente, cerca di far parlare i

ragazzini, accusa a destra e a sinistra. E sempre a vuoto. Siamo tutti disperati per la morte del piccolo Claus e lei non tiene conto che era uno come noi. Uno di noi. Ecco perché qualcuno non sopporta piú il suo modo di fare. C'è gente che non può vedere i questurini.

Giraffa ha finito la propria registrazione. Sarti Antonio, sergente, non ha voglia di ribattere: è stanco di tutto. Si limita a dire: – Hai fatto bene ad avvertirmi.

– Ho fatto il mio dovere: lei non mi è del tutto odioso.

– Può darsi che tu abbia ragione e che abbiano ragione anche loro, i tuoi soci del Pilastro. Ma resta il fatto che il piccolo è morto, che è stato ammazzato proprio qui, fra questa gente che gli voleva bene, che lo proteggeva, ma che non muove un dito, che non ha mosso un dito per aiutarlo. Né prima, né dopo. E adesso minaccia me perché voglio arrivare in fondo alla storia. Ti sembra una cosa logica? In questa situazione posso dubitare dei nobili sentimenti che hai appena elencato? Posso continuare a fare ciò che ritengo giusto anche se sono un questurino? Se poi c'è qualcuno che ha da dire, si faccia pure avanti: quando entro al Pilastro non sono piú un questurino e so farmi rispettare anche senza mostrare la tessera.

Giraffa ha ascoltato senza perdere una parola e adesso conclude: – Le ho detto quanto ritenevo doverle dire.

– E io ti ringrazio.

Sarti Antonio fa per andare convinto che il dialogo sia terminato, ma Giraffa ha da aggiungere dell'altro.

– Non ho finito.

Sarti Antonio ritorna al tavolo e siede. Aspetta con calma il seguito. Niente riuscirà piú a scuoterlo. Almeno per questa sera.

– Abbiamo dato un'occhiata in giro...

– Abbiamo chi?

– Io e altri. Non è vero, come dice lei, che noi non si sia fatto niente. Abbiamo cercato, abbiamo chiesto e soprattutto abbiamo guardato.

– E cos'avete concluso?

– Crediamo di sapere come sono andate le cose quella famosa notte.

Sarti Antonio è inchiodato sulla sedia. Non ha niente da dire: deve solamente ascoltare e vorrebbe già conoscere quanto Giraffa gli dirà con la sua voce bassa di confidente. Eppure nel corpo scavato di Giraffa c'è tanta forza e tanta fiducia che Sarti Antonio dimentica per un attimo la casa nella quale si trova, dimentica il letame che gli sta attorno e i rantoli di una madre addormentata. Giraffa si alza, allunga il collo in direzione della camera, dondola la testa storta sul corpo e va a chiudere la porta.

Dice: – Non voglio che si svegli, poveretta.

Il rantolo arriva adesso piú attutito e Giraffa riprende, sempre a voce bassa: – Abbiamo scoperto che tutte le lampadine stradali erano state rotte, nella stessa notte che è morto il povero Claudio.

– Le lampade per l'illuminazione?

– Sí. Noi crediamo di sapere come sono andate le cose.

– Sentiamo.

– Un gruppo di ragazzi, o un solo ragazzo, si è divertito a centrare le lampade stradali con una carabina ad aria compressa. Qualche giorno dopo, su nostra segnalazione, le lampade sono state sostituite dagli operai del Comune. Questo significa che il piccolo Claus è stato colpito mentre la strada era completamente al buio. Abbiamo trovato vetri sparsi sotto i lampioni. A quei ragazzi è partito un colpo accidentalmente e quel colpo è arrivato nella nuca del povero Claus che stava passando in quel momento. Siamo convinti che si è trattato di una disgrazia, di un gioco tragico fra ragazzi. Di una gara di tiro a segno finita in tragedia. Troppo grande per essere credibile.

Sarti Antonio ha adesso tante cose cui pensare che non riesce a replicare una sola parola. Nel fiume che Giraffa gli ha riversato sopra, qualcosa di vero ci deve pur essere e il ragionamento non fa una piega. Se solo si fosse trovata la carabina ad aria compressa. Se solo qualcuno ne avesse accennato. Ma per quanto si sia frugato, si sia chiesto, la carabina non è venuta fuori. Non esiste.

Giraffa ha ripreso: – E se, come siamo convinti, si è trattato di una disgrazia, nessuno di noi vuole che ne segua un'altra. Il responsabile ha già pagato abbastanza duro, senza che la Questura ci si metta in mezzo. Non vogliamo che un altro ragazzo debba soffrire ancora per un gioco che è diventato tragico per tutti.

Per questo, allora, niente notizie sulla carabina? Omertà.

Sarti Antonio si prende la testa fra le mani: ha bisogno di tempo per pensare a ciò che Giraffa gli ha appena detto. È però certo che non è ancora tutto. Chiede, sottovoce: – Sapete chi?

Giraffa nega col capo ma Sarti Antonio non è convinto di quel diniego. Dice: – Tutta la storia si può reggere solo se hai un nome da darmi. O i nomi.

– Non lo so. Nessuno di noi lo sa, né vogliamo saperlo. Non ci interessa. Tutte le carabine ad aria compressa che esistevano al Pilastro sono sparite e non vogliamo sapere altro. Mi deve credere.

Segue una lunga pausa, e quando Sarti Antonio si alza per andare, Giraffa lo accompagna alla porta e gli dice: – Se anche lo sapessi, non lo direi. Né lo direbbero altri. Lasci perdere, sergente, è meglio per tutti.

Come possa Giraffa pensare che è meglio per tutti,

chi lo autorizzi a credere o a pensare a una cosa simile, Sarti Antonio, sergente, non lo immagina. Sa invece che non è finito niente e che tutto è ancora da dimostrare. Sa che «meglio per tutti» non significa niente e che, comunque, non è certo meglio per Lucia. Né per lui.

Eppure non gli passa per il capo che il racconto di Giraffa sia una montatura; il tono, la fiducia con la quale lo ha accolto, i dati che gli ha fornito. È attendibile, è possibile, è assurdo!

Adesso Sarti Antonio, sergente, non può fare altro che sfogare la sua ira sorda contro se stesso, contro il quartiere, contro gli abitanti: tutto ciò che costituisce un mondo incredibile che non lascia spazio al piú piccolo ragionamento. Che soffoca. Che uccide, magari per gioco, quasi non fossero sufficienti le altre cause.

Qualcuno dovrà pagare.

Dice agli uomini che lo attendono sull'auto ventotto: – Venite con me!

Lo seguono e li porta da Gingio.

– Tu e tu davanti all'ingresso. Tu vieni con me.

Dalla finestra bassa della cantina esce una debole luce che filtra attraverso le tendine tirate. Sarti Antonio si avvia deciso lungo il corridoio che porta alla cantina di Gingio e bussa contro il portoncino.

– Chi è?

– Apri.

Gingio non ha nessuna voglia di aprire e anzi dà un altro giro di chiave dall'interno. Sarti Antonio si getta con tutto il peso contro il debole ostacolo che era nato soltanto per proteggere una cantina.

Gingio è seduto su un divano, come se non stesse accadendo niente, e quando gli agenti entrano, non si scompone. Dice: – Hai fatto bene a portare gli amici. Mi duole ancora il pugno che mi hai regalato l'altro giorno. Che intenzioni hai?

– Te ne stai buono su quel divano fino a che non avrò finito.

Gli agenti trovano quello che Sarti Antonio cercava e che tutti sapevano esserci: droga.

Qualcuno dovrà pagare.

Escono da una cantina che contiene di tutto tranne ciò che una cantina dovrebbe contenere. Il divano è rovesciato in mezzo alla sala, il tavolo è ingombro di carte, il pavimento in cemento è coperto di stracci e le tasche di Sarti Antonio, sergente, sono piene di sigarette fatte in casa.

Gingio non si preoccupa: non è la prima volta che gli succede e non sarà certamente l'ultima. Sorride.

– Voglio proprio vedere cosa ci ricavi con questa bella operazione, sergente. Quello che hai sequestrato è roba mia, uso personale. Consumo.

– Fumi troppo, Gingio. Il fumo fa male.

Nonostante tutto Sarti Antonio, sergente, non è particolarmente soddisfatto. Questo episodio di Gingio non ha niente a che vedere, almeno suppone, con la morte del piccolo Claudio.

Ma Sarti Antonio qualcosa doveva pur fare.

E l'ha fatta.

15. Daccapo!

Mentre Sarti Antonio racconta meglio che può la lunga storia, Rosas non smette un istante di fare il passero: le note della sua assurda sinfonia fischiata in sottofondo hanno continuato a soddisfare le esigenze di ascoltatori inesistenti ma raffinati.

Non ha chiuso l'audio nemmeno quando Sarti Antonio ha finito l'esposizione dei fatti già da parecchi minuti e si dispone ad attendere il sipario sul solista. Che pare non debba mai piú calare.

– Dura ancora molto?

Rosas esala le ultime sedici battute e decide per il parlato.

– Tutto molto bello, quasi romantico, ma indubbiamente, insospettabilmente falso. Una storia che non si regge neppure se la puntelli con i tuoi ragionamenti. Giraffa e soci sono magari in buona fede... Anzi, ne sono convinto: credono ciecamente alla loro tesi. Per il solo motivo che è la loro e che fa comodo. Ma proprio perché è la loro non riescono a vedere l'assurdità.

– Non riesco a vederla neppure io, se permetti. Né trovo niente di assurdo o di strano nel fatto che il piccolo Claudio sia stato colpito in disgrazia. Guai di questo tipo ne succedono tutti i giorni. È il primo che muore ammazzato da un amico che maneggia un'arma?

Rosas finge di ignorare l'interruzione e continua nel suo discorso: – Perché falso? Perché colpire in quel modo significa mirare bene, con calma, coscienza; tirare per uccidere e soprattutto essere un ottimo tiratore. Perché tutti questi avvenimenti si combinino «per caso», si devono verificare tante e tali coincidenze da rendere praticamente impossibile il loro contemporaneo accadere. Il piombino che ha ucciso il piccolo Claus poteva andare in duemila miliardi di direzioni diverse e poteva colpire una qualsiasi parte del corpo senza essere mortale.

– Quando il destino...

– Il destino i miei due! Ci si è serviti di una particolare carabina ad aria compressa dotata di particolare potenza. Una qualunque di quelle in commercio non avrebbe neppure bucato la pelle del piccolo. E i soldi che gli sono stati trovati in tasca? E perché ti aveva cercato? E cosa aveva da mostrarti? Ti sei dimenticato di tutto. O hai sposato la tesi di Giraffa solo perché ti fa comodo, ti scarica la coscienza e ti risparmia la fatica di continuare le indagini?

Sarti Antonio abbandona per un attimo la strada con gli occhi per guardare in viso il buon Rosas e per dirgli, cattivo: – Quanto sei stronzo! Capirai che io ho bisogno di quei trucchi per la mia coscienza. Nessuno mi ha ordinato di cercare quello che non trovo, e il caso sarebbe già felicemente archiviato...

– Attento alla strada!

La ruota anteriore destra dell'ottoecinquanta urta contro il bordo in granito del marciapiede e la gomma Michelin X a bassa pressione si rilassa del tutto e la pressione da bassa va a zero.

– Bel colpo, Sarti Antonio.

Riportare le bestemmie che circolano nella vettura sarebbe tempo sprecato e poi non mi piace essere volgare, specie se ci sono delle signore. E poi non interessano il caso perché non portano alcun elemento utile al

DACCAPO!

prosieguo del medesimo. Mi limiterò a riferire il decalogo del perfetto cambio di ruota bucata perché, in ciò, Sarti Antonio, sergente, è maestro avendo egli frequentato il corso per questurini *Il cambio rapido di gomma bucata, durante un inseguimento a pregiudicati in fuga*.

Primo: mettere il freno a mano. Innestare la marcia bassa. Eseguito.

Secondo: esporre il triangolo a dieci-venti metri dalla vettura. Sarti Antonio non trova il triangolo e quindi non lo espone.

Terzo: estrarre il cricco e la ruota di scorta dal cofano. Neppure il cricco si trova. Ha la fortuna di aver bucato proprio davanti al negozio di un elettrauto il quale, molto gentilmente, gli presta i necessari attrezzi.

Quarto: posare il cricco nella giusta posizione e sollevare il veicolo, il piú velocemente possibile. Eseguito.

Quinto: svitare i bulloni della ruota con l'apposita chiave in dotazione a ogni veicolo. Ma la dotazione dell'ottoecinquanta è piuttosto scarsa e si deve nuovamente ricorrere all'elettrauto di cui sopra. E grazie ancora e scusi tanto.

Sesto: smontare la ruota avariata e sostituirla prontamente con quella di scorta che deve sempre essere tenuta alla giusta pressione d'impiego. Non come quella dell'ottoecinquanta.

Settimo: avvitare strettamente i bulloni sulla nuova ruota. Eseguito.

Ottavo: abbassare il veicolo agendo sul cricco e rimettere la vettura in regolare assetto di marcia. Eseguito anche questo.

Nono: rimettere gli utensili nel cofano, assieme alla ruota avariata. Ogni ammanco dalla normale dotazione sarà rifuso mediante trattenute sullo stipendio del conduttore del veicolo.

Decimo: raccogliere il triangolo segnaletico posto a

dieci-venti metri dal veicolo in panne e riprendere immediatamente l'inseguimento interrotto.

Tempo concesso per l'intera operazione: un minuto e venti secondi. Tempo effettivamente impiegato da Sarti Antonio: ventisette minuti e dodici secondi netti. Naturalmente c'è da tener presente il tempo perduto per il prestito degli utensili dall'elettrauto, la loro restituzione all'elettrauto medesimo e il pagamento della contravvenzione al vigile urbano per mancata esposizione del triangolo segnaletico: – Cinquemila, grazie, e si ricordi che il triangolo deve essere sempre tenuto a bordo. Vada pure.

Rosas non ha mosso un dito durante tutta l'operazione e Sarti Antonio ritiene di doverlo ringraziare.

– Scusa se non ti ho ancora ringraziato per l'aiuto che non mi hai dato –. Ha le mani nere, ma cerca di passare oltre.

L'atmosfera all'interno dell'ottoecinquanta è piuttosto tesa e Rosas ritiene utile non aggiungere la battuta che gli è venuta spontanea alle labbra. Riprende il discorso interrotto per motivi di forza maggiore.

– Dicevo che non può assolutamente trattarsi di una disgrazia. Vogliamo provare a ribaltare i termini della questione? Ribalto io, tu guarda la strada.

– Ribalta quello che vuoi ma sbrigati perché sento che sto per incazzarmi.

– Lo vedo e ribalto immediatamente. Giraffa dice che il piccolo è stato colpito «accidentalmente» da un colpo partito «accidentalmente» da una carabina di grande precisione e potenza maneggiata «accidentalmente» da un gruppo di ragazzini inesperti che si erano divertiti nel tiro a segno con le lampadine stradali. Cominciamo con il togliere di mezzo tutti gli «accidentalmente» e diciamo che le lampadine sono state centrate «intenzionalmente» e che altrettanto «intenzionalmente» è partito il colpo che doveva uccidere il piccolo. Che cosa rimane?

– Rimane qualcuno che ha voluto far buio nella strada per poter uccidere il piccolo comodamente e senza pericolo di essere visto. Rimane qualcuno che ha usato una carabina ad aria compressa, di grande precisione e potenza, perché silenziosa e discreta.

– E bravo il nostro sergente. Vince una bambolina.

La tensione si è un po' allentata e Rosas può permettersi di fare dello spirito. Sarti Antonio resta pensieroso per un po', poi aggiunge: – C'è un particolare che non quadra. Se la strada era completamente al buio a causa della rottura delle lampade, come ha potuto il maledetto «carabiniere» prendere la mira con tanta precisione?

Rosas non gli risponde con una battuta volgare solo perché è un nobile. Gli dice: – Proprio per ciò ti ho chiesto di sentire alla sezione «illuminazione pubblica» del Comune.

Arriviamo all'illuminazione pubblica del Comune e Sarti Antonio si presenta al caposervizio. Dice: – Vorrei controllare quando sono state sostituite le lampade in una certa strada e quante ne sono state sostituite.

– Mi serve la data della presunta sostituzione e il nome della strada nella quale la presunta sostituzione ha avuto luogo.

«Presunta sostituzione». Pare di essere alla Centrale. Sarti Antonio soddisfa le più che legittime richieste del caposervizio il quale si mette immediatamente a sfogliare una serie di registri, di notulari di carico-scarico merce, di schede e poi rilascia il suo personale referto.

– Nella strada suddetta e in corrispondenza circa delle date riferite, sono state sostituite numero sei lampade a vapori di mercurio in quanto quelle esistenti prima della sostituzione sono state rinvenute mancanti.

– Mancanti in che senso?

– Mancanti in quanto rotte e pertanto si è rinvenuto il solo zoccolo di attacco delle suddette lampade esistenti.

Rosas interviene per chiedere: – Quante sono complessivamente le lampade in quella via?

Questa volta il caposervizio si limita a consultare una piantina della zona e poi, dopo aver disteso sul tavolo la piantina medesima, si degna illustrarla ai convenuti con parole rapide ed essenziali.

– Come si può rinvenire dalla sottoscritta pianta del quartiere interessato, i punti luce, cioè i pali portanti le lampade, sono presenti in numero di quattro...

Vorrebbe continuare, ma il sospetto che qualcosa non quadri lo assale di colpo. Pianta a metà la consultazione della carta e torna ai registri, ai notulari di carico-scarico materiali e alle schede. Quando alza il capo, ha il viso esterrefatto. La più profonda incomprensione è dipinta nei suoi occhi spalancati.

Sarti Antonio, sergente, vorrebbe vederci chiaro.

– Per intenderci: i punti luce sono quattro e le lampade cambiate sono sei. È così?

– È così ma non può essere così. In quattro punti luce si possono montare solo quattro lampade –. È smarrito nel problema che gli si presenta forse per la prima volta e che gli sembra più grande di lui. Conclude: – Non può essere.

Poi ha l'intuizione risolutrice: lascia di nuovo i convenuti e si attacca al telefono. Parla sottovoce con qualcuno e di tanto in tanto lancia un'occhiata verso coloro che gli hanno procurato un grattacapo imprevisto. Riprende il dialogo stando bene attento a non farsi intendere dai due. Alla fine della telefonata è rosso in viso, e quando torna, balbetta: – Ecco... è tutto chiaro. Cioè non è successo niente. Le tre lampade mancanti... voglio dire che l'operatore addetto ha sostituito... mentre la successiva... Niente di grave. A volte succede. Ma nessuno ha mai fatto la denuncia. Insomma, non mi sembra che per tre lampade si debba muovere la Questura.

Le sue spiegazioni non sono state molto chiare. La sola cosa chiara è che il caposervizio «illuminazione pubblica» del Comune è convinto che la Questura sia intervenuta perché alcune lampadine non trovano la loro giusta collocazione nei relativi punti luce.

Sarti Antonio taglia corto.

– Si può sapere quante lampade sono state sostituite esattamente, Cristo?

– Tre. Cioè: su quattro lampioni esistenti in quella via, tre lampade erano rotte.

– E ne sono state sostituite sei?

– Giusto. Cioè, no. Voglio dire...

Pare che Rosas abbia capito finalmente come sono andate le cose e tira le somme per tutti.

– Dico bene? Tre lampioni erano privi di lampada e uno era ancora funzionante. L'operatore addetto ha sostituito le tre mancanti ma ha caricato nei registri sei lampade portando a casa sua le tre non utilizzate. Magari da montare nella cucina o nella camera dei ragazzi o nel bagno. È cosí?

Il caposervizio annuisce.

– È cosí. Ma le lampade... Voglio dire: non vedo perché la Questura... L'operatore ha appena dichiarato di essere disposto a rifondere le tre lampade mancanti, erroneamente asportate per esigenze contingenti.

Ha già ripreso la padronanza del linguaggio ma a Sarti Antonio non interessa molto. Tant'è vero che se ne va senza neppure salutare.

In macchina parla fra sé, a voce bassa.

– Dicono che si va a rotoli. Rubano anche le lampade, rubano. Si va a rotoli? Poi monta tre lampade al mercurio da cinquecento candele in cucina, quello?

Rosas rincara la dose: – Si comincia con le lampadine al mercurio e si finisce con gli Hercules della Lockheed. L'ho sempre detto: tenere d'occhio la base. Tenere d'occhio la base. Quelli sono capaci di farti sparire la nazione sotto gli occhi. Se la Questura non apre gli occhi.

Sarti Antonio lo guarda male e Rosas è costretto a ricordargli: – Attento alla strada.

Dopo un po' riprende: – È tutto chiaro adesso? Il tiratore ha spento le tre lampade che potevano illuminare il punto nel quale si trovava lui, e non appena il piccolo Claus è passato bene in vista sotto il palo dove ancora era accesa la lampadina, ha preso la mira e ha sparato. Se non sbaglio, il corpo del piccolo è stato trovato proprio vicino a un palo dell'illuminazione.

Sarti Antonio non ha dimenticato: in un letto di sangue, gli occhi ancora aperti, quasi stupiti per quello che gli era successo; le mani rattrappite a graffiare i cubetti di porfido del marciapiede, vicino al palo dell'illuminazione stradale... VICINO AL PALO DELL'ILLUMINAZIONE STRADALE!

– Non sbagli, non sbagli proprio.

Ai suoi occhi l'assassino del piccolo Claudio riprende la primitiva dimensione e non se la sente più di lasciar perdere. Gli torna a galla l'odio assurdo per il Pilastro e per i suoi abitanti, quasi fossero i responsabili di ogni male o i soli depositari della truffa organizzata. Soprattutto contro Giraffa che è stato il primo a tentare di convincerlo di una verità tanto incredibile da parere addirittura ridicola.

L'odio gli cresce dentro proprio perché si sente incapace di procedere e incapace di prendere per il petto quei maledetti che gli imbastiscono attorno una tela nella quale si sente invischiato e che gli ferma i movimenti.

Proprio come una mosca: si agita, si agita e non si accorge che sulla sua testa il ragno è già pronto a finirlo. E nella sua convinta impotenza si è perduto per strada ad arrestare un Gingio qualsiasi, quasi una rivalsa contro un nemico che non riesce a scoprire. O che vede in ogni abitante del Pilastro. Fanciulli Odino detto Giraffa, Federico Stiri detto Volata, Anselmo Di Chiara e i suoi dobermann di merda... Tutti ragni sospesi sulla testa in attesa di finirlo.

Un altro: Gingio. Ancora: Lucia. Perché no? Cosa ne sa lui di quella gente? Ladri, puttane, spacciatori di droga...

Tutti uguali!

Rosas deve aver seguito lo svilupparsi dei suoi pensieri, cosí come l'ho seguito io. Infatti dice: – Non prendertela con loro. Non c'entrano per niente.

Sarti Antonio non gli risponde. Anzi pare non l'abbia neppure inteso. Rosas continua: – Cerca di non chiuderli nel loro ghetto piú di quanto non li abbiano già chiusi. Hanno abbastanza guai. Tu non riesci neppure a supporre i loro problemi.

L'ottoecinquanta porta i due verso la periferia mentre Rosas continua il suo monologo sottovoce, certo che il sergente lo stia seguendo.

– Ti sei mai chiesto perché il piccolo Claus non volesse piú tornare a scuola? Non perché ne avesse abbastanza, che anzi gli piaceva studiare. Al Pilastro non ci sono le medie e il piccolo ha frequentato la prima alle scuole di città. Assieme ai figli di persone «normali». Il primo giorno, i nuovi compagni lo hanno picchiato perché qualcuno si è ricordato di averlo incontrato al Pilastro. Deve essere stato un bel primo giorno di scuola: un bell'incontro con la nuova realtà. E i giorni seguenti non sono certo stati diversi: un tormento. E quando la scuola è finita, il piccolo si è sentito liberare da un peso. Ma lui aveva l'etichetta sul viso: era uno del Pilastro. E aveva soltanto undici anni, ti rendi conto? E non sapeva ancora cosa significasse discriminazione. Ci ha sbattuto contro il viso e lo ha imparato a sue spese. Non voleva piú saperne della scuola e aveva ragione. Una scuola come questa è meglio perderla che trovarla.

– E loro? Quelli del Pilastro? Picchiano i netturbini che vanno a raccogliere i rifiuti e a pulire le loro strade. Assaltano i vigili, i questurini.

– Che altro devono fare? Che altro deve fare un padre che si vede tornare il figlio da scuola sanguinante? Sai che l'ottanta per cento dei bambini del Pilastro è costretto a ripetere le classi? Per colpa loro o per colpa degli insegnanti? Sai qual è la massima aspirazione degli abitanti? – Rosas prende dalla tasca dei calzoni un foglio sgualcito di giornale e legge: – «I risultati delle indagini che abbiamo condotto al Pilastro sono per lo meno sconcertanti. Alla nostra domanda: cosa manca al vostro quartiere? la maggioranza ha lamentato la mancanza di vigili urbani che conosca i problemi del Pilastro. Di un comando di Pubblica sicurezza. Ecco le risposte: manca una stazione di Carabinieri; manca una diversa presenza delle forze dell'ordine; è necessaria una stazione del comando dei Carabinieri o di Pubblica sicurezza e la sorveglianza da parte dei vigili urbani in servizio permanente per ovviare i casi di furto e di teppismo» – . Rosas intasca il ritaglio di giornale e continua: – Ti rendi conto? Quella gente che è sempre stata oppressa dalle forze dell'ordine, picchiata, incarcerata, chiede la presenza delle forze dell'ordine.

Sarti Antonio, sergente, non ha molto da aggiungere. Forse perché non si rende esattamente conto di cosa significhi il lungo discorso di Rosas. Come non me ne rendo conto io. Ma Rosas sa dove vuol arrivare. Non ha tempo però di parlarne perché l'ottoecinquanta è davanti al cancello del complesso industriale in cemento armato e vetro. La targa luminosa, alla faccia dell'austerità!, è ancora accesa: «B e B Tessuti». Piú in basso: «Alimenti in scatola per cani e gatti».

Ci si trova davanti al solito Giorgio nella solita «Giacchetta Bianca».

– Siamo sempre da queste parti, vero, Giorgio? Spero di non disturbare il commendatore.

Il commendatore ci accoglie senza dimostrare il minimo imbarazzo.

– A cosa devo la nuova visita, signori?

Sarti Antonio non si perde in chiacchiere e viene immediatamente al sodo.

– Il piccolo Claudio aveva un tavolo, un armadietto tutto suo nel quale teneva le proprie cose?

Il commendatore si rivolge al segretario Giacchetta Bianca e gli dice: – Accompagna il sergente negli spogliatoi, per cortesia. Ricorda le chiavi dell'armadietto del piccolo.

Nello spogliatoio, Giacchetta Bianca apre lo sportello dell'ultimo armadietto e si mette in disparte, da buon segretario tuttofare. Commenta: – Penso che non troverete niente di interessante; già il signor ispettore capo l'ha esaminato lungamente.

E infatti non si trova niente di interessante. Una pila di «Topolino», un'altra di «Il Corriere dei Ragazzi», un foglio di giornale piegato in quattro e un piccolo grembiule azzurro che Sarti Antonio esamina fin nelle tasche.

Giacchetta Bianca interviene ancora: – È il grembiule del povero piccolo. Il signor commendatore lo aveva fatto cucire proprio per lui. Sapete, non ne abbiamo trovati di pronti della sua taglia.

Anche nelle tasche, niente di interessante: un po' di spago accuratamente raggomitolato, uno straccetto per la polvere, un pacchetto di figurine di *Sandokan* e una piccola vite cromata.

Niente altro. Sarti Antonio torna all'armadietto e passa i giornaletti. A dividere i «Topolino» da «Il Corriere dei Ragazzi» trova un quadernetto pieno di una calligrafia infantile: sono poesie che il piccolo Claudio deve aver ricopiato da qualche parte. È tutto. Sarti Antonio guarda Rosas e dice: – Ho visto. Possiamo andare.

Rosas lo ferma e gli chiede: – Posso tenermi il quaderno?

– Per che farne?

– Leggo le poesie che interessavano al piccolo.

Sarti Antonio lo lascia sul posto e si avvia. Passa a salutare il commendatore.

– Trovato niente?

Sarti Antonio nega col capo.

– Mi dispiace. Mi dispiace proprio. Bevono qualcosa?

– Dobbiamo andare.

Il Degennaro chiede ancora: – La signora, come sta la signora?

– Non l'ho ancora veduta. Se è per la busta, stia tranquillo, commendatore, che gliela farò avere. Provvederà lei stessa a ringraziarla –. Quel Degennaro comincia a dargli sui nervi.

Il commendatore cerca di rimettere le cose a posto.

– Non crederà, spero... Mi fido, mi fido. Se dovessimo dubitare della nostra Polizia, dove si andrebbe a finire?

Rosas mormora: – È quello che dico sempre anch'io.

Se ne vanno.

Tornano verso Santa Caterina sull'ottoecinquanta, e nessuno ha voglia di parlare.

Soltanto a casa di Rosas Sarti Antonio riprende il suo colore normale. Cioè il colore che gli si dipinge sul volto quando un attacco di colite lo raggiunge all'improvviso: il colore giallo cinese.

Sa perfettamente dov'è il gabinetto e vi si chiude dentro. Rosas sorride e gli dice: – Non te la devi prendere. Quando ti arrabbi stai male. Chi te lo fa fare?

Dal bagno, Sarti Antonio gli risponde: – E chi si arrabbia?

Resta chiuso mentre Rosas prepara un caffè. Quando esce trova la tazzina fumante.

– Spero sia di tuo gusto, caro.

– Non credo, non credo proprio: sei negato per il caffè.

– Bevi, che fa bene alla colite.

Sarti Antonio non lo ascolta neppure. Altri pensieri gli agitano la mente, e solo quando si è bevuto il caffè, orribile, li comunica al prossimo.

– È incredibile! Nessuno è coinvolto, nessuno è sospettabile, nessuno può aver avuto interesse a uccidere il piccolo. Eppure il piccolo è stato ucciso. È incredibile! Non mi sono mai sentito tanto inutile, tanto fuori posto. A volte ci si trova nei guai perché ci sono troppi sospettati e non c'è che l'imbarazzo della scelta. Qui niente. Non c'è un solo indiziato! Nessuno pare abbia avuto interesse a quella morte.

– Forse non abbiamo ancora trovato la persona giusta.

– Se è cosí, non so piú a che santo votarmi.

– A nessun santo. È venuto il momento di ragionare. Tutto ciò che si poteva scoprire è stato scoperto. Sappiamo quanto è possibile sapere. Di piú non si può. Cominciamo a ragionare.

Sarti Antonio rischia un altro attacco di colite. Ur-

la: – E cos'ho fatto finora? Non ho cercato di ragionare?
– Io non avevo niente su cui fermarmi.
– E adesso ce l'hai?
Rosas alza le spalle e non gli risponde. Sarti Antonio lo lascia perdere e va a stendersi sul lettino.
Gli viene l'odore di umidità e di muffa che in quella specie di tana regnano incontrastate. Quell'odore dovrebbe fargli rivoltare lo stomaco e invece niente: pare addirittura che gli piaccia. Forse è l'abitudine. Com'è abitudine restare da Rosas. E Rosas stesso.
Perfino il tessuto della coperta del lettino odora di muffa. O è l'odore di Rosas. O è Rosas che ha preso di muffa. Non si capisce bene.
Sono di troppo. Mi sento superfluo. E però non posso andarmene e devo continuare a guardare quei due animali così diversi e così strani che pure si completano a vicenda.
Ancora una volta – e li conosco da tanto! – mi trovo a chiedermi cosa li spinga a sopportarsi l'un l'altro.
Se c'è un modo di vivere che Sarti Antonio, sergente, non può tollerare, è proprio il modo di vivere di Rosas: disordinato, senza significato.
Se c'è un tipo di uomo che Sarti Antonio, sergente, non riesce a sopportare è proprio Rosas: trasandato, incomprensibile, magari sporco. E cieco. Cieco come una talpa.
Se c'è un mondo che Rosas odia, è proprio il mondo di Sarti Antonio, sergente: repressivo, privo di cultura, cieco, al servizio di una classe... e chissà che altro ancora!
Eppure sono entrambi là, davanti a me. Uno sdraiato sul lettino a domandarsi a che santo votarsi e l'altro a sfogliare il quaderno del piccolo Claudio.
Hanno bevuto entrambi lo stesso caffè.

E io capisco che è il nostro mondo. Non si scappa.

Rosas mi toglie dalle riflessioni. Sottovoce riprende il dialogo che si era interrotto da qualche minuto. Ma non capisco se sia proprio un dialogo.

– Il piccolo scriveva poesie. Lo sapevi? Queste non sono ricopiate: sono sue –. Non aspetta risposta: ecco perché dubito che sia un dialogo. – Forse era il suo sistema per evadere dal mondo. Non sembrano scritte da un bambino di undici anni. C'è una tristezza da adulto.

Si ferma ancora un attimo a riflettere. Poi riprende. – L'ultima è tremenda: si direbbe un sentore di quanto gli è poi accaduto.

Sarti Antonio aspetta, sempre a occhi chiusi.

– Il titolo è *Bimbo*. Ascolta –. Legge a voce bassa. – Bimbo. | Ti hanno | costretto a nascere, | e sei nato. | Per punizione | dovevi vivere, | e hai vissuto. | Per te c'era | la morte, | e morendo | hai obbedito. | Una volta, | ti hanno fregato: | ora non ti fregan | piú.

Rosas chiude il quaderno e lo mette sul tavolo. Lo allontana. Non c'è molto da aggiungere. Né io saprei che altro aggiungere.

16. Paradiso provvisorio

L'ottoecinquanta sbuffa piú del normale lungo i tornanti ma riesce a portare Sarti davanti alla casa di Lucia.

Si respira un'altra aria: fresca, di montagna. E il caldo che ci ha accompagnato per tutto il viaggio se ne va con il sudore.

Lucia sta aspettandolo e appena entra in casa gli dice: – Ho pronto da mangiare.

– E io ho fame.

La tavola è apparecchiata nel cortiletto interno, fra le quattro mura della casa e dell'orto; al fresco, sotto i rami del fico.

Il rumore, l'afa della città sono lontani e non vorrei piú doverli affrontare.

Ecco, se potessi scegliere il mio futuro, vorrei che fosse qui: in questa casa, con questa donna.

Sarti Antonio, sergente, non parla. Ha appoggiato lo schienale della sedia impagliata al muretto dell'orto e aspetta che Lucia finisca le sue faccende. L'ascolta muoversi attorno e ha paura che tutto finisca troppo presto.

Poi anche Lucia viene a sedere vicino a Sarti e adesso lui non può continuare a mentire a se stesso o a lei. Dalla tasca della giacca, appesa alla spalliera della sedia, prende la busta. Sgualcita per il troppo tempo rimasta in tasca. Gliela porge ma non la lascia alla donna che già la tiene per un angolo. Le dice: – Non te la prendere con me.

Lucia lascia la busta e ritira la mano.

– Se deve essere cosí, non la voglio.

Sarti Antonio pensa un attimo a cosa dire. Poi decide: – Sono stato a trovare il Degennaro, il principale del piccolo. È lui che me l'ha data. Non volevo prenderla, ma non potevo decidere per te. Fanne ciò che vuoi.

Lucia deve aver capito, perché non porge piú la mano. Dice: – Mettila via. Non la voglio. Restituiscila.

– Sei tu che devi restituirla, non io.

– Hai ragione.

Lucia, finalmente, prende la busta e Sarti Antonio può ritirare il braccio rimasto troppo a lungo teso nell'offerta. Chiude gli occhi non appena Lucia fa per aprire la busta: non vuole sapere quanto è stato valutato il piccolo Claudio. Sente il respiro della donna, il fruscio della moneta. Poi Lucia rimette di nuovo le banconote nella busta e dice a se stessa: – Come si può? Com'è possibile?

– Sapevo che non li avresti accettati. Ma ho dovuto portarli. Perciò sono qui.

– Scenderò in città con te e la riporterò personalmente al signor Degennaro.

Non hanno piú niente da dire. Me ne vado nell'orto, tra filari di pomodori e di viti. Adesso la brezza mi porta il profumo di erba tagliata da qualche parte e il sapore delle foglie di pomodoro appena sfiorate dai miei passi. Ricordo qualcosa: ricordo che certe foglie, sfiorate, lasciano nell'aria il loro profumo.

Attorno, il silenzio di altre case, di altri orti, di altre vigne, di altri sentieri che si perdono nel verde di qualche paradiso provvisorio.

Domani sera non ci sarà piú niente. O meglio: ci

sarà il Pilastro, la città, la Questura, l'auto ventotto, Felice Cantoni... Cose delle quali né io, né Sarti Antonio, né altri possiamo piú fare a meno.

Ce le siamo costruite addosso come un abito e ci sentiamo nudi, indifesi se non li ritroviamo ogni mattina, ogni volta che riapriamo gli occhi. Quasi che il restare nudi ci offendesse. Noi prima degli altri.

Conosco la mia stupidità ma non posso farci niente.

Il dubbio che sia qualcuno a volere che la nostra nudità ci offenda, mi lascia del tutto indifferente. In fondo non cambia niente; neppure se quel dubbio diventasse certezza. I limiti del bene e del male, del lecito e dell'illecito, li ha fissati qualcun altro per noi e io, come voi, li ho accettati.

Adesso me li godo. Ce li godiamo assieme.

I pensieri che passano mi aiutano a soffrire un istante di Paradiso. Poi è di nuovo città, Sarti Antonio, Lucia.

Partiti verso le dieci di domenica mattina, ci siamo lasciati ingoiare dall'afa assurda delle strade, dall'aria immobile, impregnata di asfalto molle, per arrivare nel primo pomeriggio alla villa del commendator Degennaro.

La villa sta sui colli, come tutte le ville che si rispettino: una vecchia casa colonica puzzolente e umida, cadente e poco confortevole quando era abitata dal contadino, è diventata oggi una signora villa che si fa dare del lei. C'è un campo da tennis con tanto di impianto di illuminazione per le partite in notturna; c'è una piscina di venticinque per dieci con un'acqua chiara da far invidia alle ranocchie di Monteverro. Poi, a giudicare dal rumore degli spari che arrivano fino al cancello d'ingresso, da qualche parte ci deve essere un campo per il tiro a volo. Tutto ciò alla faccia dell'articolo 19 del Regolamento edilizio, pagina 45, che riporta testualmente: «Sono di norma vietate le alterazioni dello stato attuale dei terreni come: sbancamenti, riporti, splateamenti e in modo speciale quelle modifiche che rechino pregiudizio all'aspetto ambientale e panoramico di ogni singola zona».

Viene legittimo il dubbio che sia la piscina, sia il campo da tennis, sia il tiro a volo esistessero fin dai tempi andati, quando la casa colonica era una casa colonica; in modo che il contadino potesse dedicarsi al tennis, al nuoto, al tiro a volo nei momenti di tempo libero. È un dubbio destinato a restare tale e nessuno può aiutarmi a risolverlo. Smetto di tormentarmi non appena il solito, onnipresente Giorgio «Giacchetta Bianca», distinto come sempre, viene ad aprire e ci scorta lungo i deliziosi vialetti del parco (ex meleto) e ci precede attraverso una cascata di salici (ex pereto) fino alla piscina (ex letamaio in adiacenza alla ex stalla, ora sala gioco, ritrovo e amenità).

Giacchetta Bianca fa cenno ai nuovi arrivati che possono sedere sulle poltroncine di vimini poste ai bordi della piscina, sotto la chioma di un bel salice i cui rami sfiorano l'acqua increspata da una deliziosa brezza appositamente creata per la gioia dei convenuti.

L'impeccabile Giorgio «Giacchetta Bianca» sparisce nel labirinto dei vialetti, e prima che torni, Sarti Antonio può commentare: – Quello è a tempo pieno: lo trovi in fabbrica, lo trovi in villa. Che non abbia una casa sua? Che sia orfano?

Il Giorgio precede il commendatore. Costui è a torso nudo e in calzoni corti. Ha sottobraccio una doppietta: evidentemente i colpi erano suoi. Contrariamente a quanto era sembrato nel suo ufficio, il Degennaro si porta dietro un signor fisico. Un bel fascio di muscoli, un tipo da sport. Tarchiato ma essenziale. Un falso grasso, insomma.

Il commendatore si fa incontro a Sarti Antonio sorridendo cordialmente. Dice: – Mi fa molto piacere, carissimo... – Non ricorda neppure il nome. Né di Sarti, né di Lucia. – Che piacere. Gradite qualcosa di fresco? Giorgio...

Prima che i due nuovi arrivati possano rendersene conto, si trovano fra le mani un fresco bicchiere appannato, pieno di birra ghiacciata, che il Giorgio «Giacchetta Bianca» ha fatto uscire chissà da dove.

Il Degennaro non lascia tregua. Siede anch'egli su una poltroncina di vimini e continua: – Sono proprio felice di vedere qualcuno. È la sua signora?

Sarti Antonio, sergente, cerca di riportare il discorso su un piano di serietà professionale. Depone il bicchiere su un tavolinetto: mai bevuto birra in tutta la vita. Ci mancherebbe altro. Con la colite che si porta dietro... Presenta ufficialmente: – La signora Lucia, madre del piccolo Claudio.

Immediatamente il Degennaro assume l'aria di circostanza e dice: – Lieto, signora. Ho già avuto il piacere di incontrarla quando il piccolo... Come va? Spero bene –. Poi si accorge che anche Lucia ha deposto il bicchiere accanto a quello di Sarti Antonio, senza neppure assaggiare la pregiata birra tedesca. Allora continua: – Gradiscono qualche altra bevanda? Non facciano complimenti, mi raccomando.

Silenzioso e in disparte, Giorgio è pronto a soddisfare le richieste degli ospiti e del suo signore e padrone. Ma nessuno ha richieste da fare.

Lucia estrae dalla borsetta, che si è tenuta sulle ginocchia, la busta e la posa sul tavolino, accanto alla pregiata birra tedesca. Dice: – Non me ne voglia, signor Degennaro, ma non posso accettare i soldi che lei mi ha mandato. Non vedo il motivo e soprattutto non capisco perché.

Il Degennaro, da quel signore che è, non fa una piega. Dice, semplice: – Spero non si sia offesa. Diciamo che quei soldi rappresentavano il licenziamento che sarebbe spettato al piccolo Claudio se fosse... Insomma, se fosse rimasto alle mie dipendenze, lei avrebbe percepito una indennità di licenziamento. Tutto qui. Non fraintenda, la prego, il mio gesto e la prego di credere che io volevo molto bene al piccolo.

Sarti Antonio lo interrompe: – La signora è tornata da Monteverro proprio per restituirle la busta.

Il signor Degennaro ha capito perfettamente e lascia cadere questo discorso imbarazzante. Parla d'altro. – Come vuole lei. Vorrei pregarvi di restare a cena da me: sono solo. Un po' di compagnia è quello che ci vuole. Tornerete in città questa sera, al fresco. Potete approfittare della piscina...

Il pensiero di spogliarsi e di gettarsi in acqua fa venire i brividi a Sarti Antonio, e spera che Lucia non ne voglia sapere. Cosí è, infatti.

– La ringrazio, signor Degennaro.

– Un caffè? – Ecco quello che ci vuole: un buon caffè. Sarti Antonio, sergente, si rilassa sulla poltroncina di vimini, accanto al commendatore, in attesa. – Sono proprio contento. Mi stavo chiedendo come sarei riuscito ad arrivare a sera, tutto solo... Sono proprio contento. E come sta il caro Raimondi?

– Direi bene. L'ultima volta che ho avuto il piacere, l'ho trovato in buona salute.

– E le indagini? È un po' di tempo che il caro Raimondi non si fa sentire. E il suo gatto?

– Il mio gatto?

– Il gatto del caro Raimondi. Come sta? Bell'esemplare di persiano. Un animale splendido.

Sarti Antonio non sapeva dell'esemplare di persiano, ma cerca ugualmente di rimediare come può.

– Direi bene. Bene anche lui, come Raimondi. Il dottor Raimondi.
– Mi fa piacere.

Giorgio mette sul tavolino tre bicchieri di caffè e Sarti Antonio ne afferra uno, il piú vicino, e se lo porta alla bocca. Non deve essere di suo gradimento, almeno a giudicare dalla smorfia. Dice: – Ma è caffè freddo, Cristo! Gelato.

– Non le va?

– Il caffè freddo è come... come... – Non trova la parola adatta, ma il suo viso è sufficientemente eloquente. Depone il bicchiere sul solito tavolino, accanto alla birra, e guarda i due che vuotano con golosità i bicchieri di caffè freddo. Si chiede: – Come accidenti si può bere un caffè freddo?

– Giorgio.

Giorgio afferra al volo la situazione e sparisce all'interno dell'ex stalla. Esce poco dopo e offre a Sarti Antonio una tazzina fumante. Questa è gradita.

– Ecco un buon caffè. Complimenti, Giorgio –. Naturalmente Giorgio non lo degna di risposta: raccoglie le stoviglie appena uscite dall'ex stalla e porta via il tutto. Sarti Antonio lo guarda sparire. Dice: – Ne sa una di tutti i tagli, quel diavolo d'un Giorgio.

Il Degennaro annuisce: – Un prezioso collaboratore. Indispensabile per il mio lavoro –. Si alza e continua: – Venite, voglio mostrarvi come ho sistemato l'ex stalla. Progetto mio, esecuzione mia, arredamento mio...

Entrano tutti nell'ex stalla. Ci sono ancora le «poste» che un tempo erano riservate alle signore vacche. In piú c'è un biliardo, dei quadri alle pareti, delle bottiglie di liquore, una pista per giocare alle bocce... C'è tutto in quella stalla: perfino un televisore, una vetrinetta con una collezione di francobolli, una biblioteca, una collezione d'armi, delle enormi botti. Perfino sculture moderne, una fontana. Mancano solo le vacche.

– Bene, cosa posso offrirvi?

Questo ha la mania di offrire. Sarti Antonio taglia corto.

– Niente, grazie. Dobbiamo andare.

– Non insisto. Giorgio.

Giorgio accompagna i signori alla porta. Si ripercorre l'ex pereto, l'ex meleto, si attraversa l'ex vigneto e si esce dalla comune.

Sulla misera ottoecinquanta, oppressi dal caldo, oppressi dall'afa dell'estate, ci si sente a proprio agio.

E a proprio agio Lucia può smettere di trattenere le lacrime. Piange in pace, senza preoccupazioni.

Ci lasciamo dietro un altro paradiso come già ci siamo lasciati dietro Monteverro questa mattina. Il sole continua a picchiare sull'asfalto; dai tubi scassati del riscaldamento della scassata ottoecinquanta continua a entrare il fiato caldo del motore; Sarti Antonio, sergente, bestemmia contro la sua automobile ma non può cambiare le cose.

Al Pilastro Lucia saluta con un cenno del capo e scende dall'ottoecinquanta. Davanti alla porta di casa ci sono alcune donnette sedute a cercare il fresco del tramonto; un fresco che non c'è, che non assomiglia a quello della villa del Degennaro.

Sarti Antonio, sergente, dirige verso casa. Non ha niente di meglio da fare. È contento: sul tavolino, ai lati della piscina, c'è la busta sgualcita. Una scarsa soddisfazione, ma per chi non ha di meglio...

Chi si accontenta gode, dice un proverbio.

E i proverbi, come si sa, sono la saggezza dei popoli. Bel proverbio. Bella saggezza. E bel popolo.

17. Occupazioni abusive e altro

Dal finestrino abbassato dell'auto ventotto entra il vento caldo che non dà alcun sollievo, ma Felice Cantoni, agente, è ugualmente a proprio agio. Addirittura vorrebbe accendersi una sigaretta se la radio non cominciasse a gracchiare.

– A tutte le auto, a tutte le auto. Portarsi immediatamente al Pilastro. È in corso una occupazione abusiva di appartamenti. L'intervento è stato richiesto dall'Istituto autonomo per le case popolari. Portarsi immediatamente al Pilastro. La comunicazione è per le vetture che si trovano nelle immediate vicinanze. Comunicare la partecipazione.

Felice Cantoni non accende la sigaretta che già tiene fra le labbra: la mette sul cruscotto, innesta la terza, spinge a fondo e parte a palla. Sorride, il pazzo.

Raimondi Cesare in persona dirige e quindi deve trattarsi di una importante operazione di polizia.

Attorno al fabbricato occupato abusivamente si è formata la barriera degli spettatori e fra questi si può subito mettere a fuoco il viso da faina di Rosas. Inconfondibile.

Tutti gli appartamenti sono occupati da donne, vecchi e bambini sdraiati sul pavimento. Raimondi Cesare, ispettore capo, cerca di convincere una vecchia grassona a levarsi dal passaggio e permettergli di entrare.

– Se non si toglie immediatamente, sarò costretto,

è vero come si dice, a ordinare ai miei uomini di trascinarla nel cortile.

La grassona non si sposta di un millimetro e gli risponde con la sua voce da facchino: – Faccia, faccia pure, capo.

Raimondi Cesare è rosso e sudato. Si volta verso i suoi uomini e il primo che gli capita sotto è proprio Sarti Antonio, sergente. Gli ordina: – Toglila di qui!

– E come? Ci vorrebbe un'autogru.

La grassona si mette a ridere forte: – E bravo questurino: chiama l'autogru.

Raimondi Cesare però non apprezza. – Toglila dalla porta, ho detto.

Sarti Antonio si avvicina alla grassona e cerca di convincerla con le buone maniere.

– Andiamo, nonnetta: lascia passare il capo.

– Di qui mi sposta solo l'autogru.

Sarti Antonio, visto che non può farne a meno, decide di passare all'azione violenta. Fa un cenno a Felice Cantoni e a quattro agenti. Alla fine riescono a spostare la grassona e a depositarla in mezzo al cortile. La folla che ha assistito a tutta l'operazione applaude la riuscita della prima mossa.

Il Raimondi Cesare può finalmente entrare nell'appartamento e si rende conto che l'operazione sgombero sarà superiore alle forze dei suoi uomini. Ci vorrebbero tutti gli effettivi della regione per togliere quella gente dagli appartamenti. Eppure ci prova, con la voce piú autorevole che riesce a sfoderare: – Sgomberare, sgomberare!

Ha un bell'urlare: le ragazze continuano a leggere il giornale e i ragazzi a giocare con le figurine.

Felice Cantoni si avvicina a Sarti Antonio e gli dice all'orecchio: – Quella ragazza nell'angolo la portiamo fuori io e te. Poi ti spiegherò il motivo.

Per la verità Sarti Antonio ne avrebbe già portate fuori troppe, ma gli ordini di Raimondi Cesare, ispettore capo, sono precisi.

– Trascinate questa gente fuori dal fabbricato. Immediatamente.

Quando è la volta della ragazza nell'angolo, Felice Cantoni le si avvicina sorridendo. Sarti Antonio la prende per le ascelle e Felice Cantoni per le caviglie. Costui le mormora mentre la trasportano fuori di peso: – Cosí ti piace picchiare gli agenti in testa? Adesso ti faccio pagare i punti di sutura.

La ragazza spalanca gli occhi e comincia a urlare e ad agitarsi senza ricavare alcun risultato. Sarti Antonio finisce piú volte contro il muro ma non lascia la presa. Anche perché, se lo facesse, la ragazza finirebbe col picchiare la nuca sul pavimento. Le urla: – Sta' buona, Cristo. Vuoi che ti lasci andare? Buona!

Ma quella non si calma. Scalcia, si dimena, con il solo risultato di far salire la gonna sulle cosce e oltre l'ombelico, e la camicetta sottile le scopre parte dei seni. Grida: – Porco, maledetto porco! Ti spaccherò la testa.

– Già fatto, cara. Me l'hai già spaccata una volta. Adesso tocca a me. Al via lasciamo andare assieme, capo. Uno, due, tre, via.

Felice Cantoni lascia la presa dopo aver fatto dondolare la ragazza, ma Sarti Antonio ha il buon senso di non mollare le spalle.

L'operazione sgombero prosegue fino a tardi, e quando si riesce a chiudere la porta d'ingresso al fabbricato, Sarti Antonio, sergente, non si regge in piedi. Il caldo di quell'estate e l'inconsueto lavoro di facchinaggio lo hanno distrutto.

Arriva a casa in un bagno di sudore, ma non ha neppure il tempo di bersi una tazzina di caffè. Il telefono lo chiama.

– Chi è?
– Sono io, Lucia.
– Salve. C'è qualcosa di nuovo?

Dall'altra parte del filo c'è una lunga pausa e poi Lucia ricomincia: – Ti ho visto al lavoro, oggi.

Sarti Antonio non sa cosa rispondere.

– Ti ho visto e mi sono sentita male. Ho avuto vergogna per te. E per me, se qualcuno mi avesse ricordato che ti conoscevo.

– Cristo, non dirmi che anche tu... Cristo. Cos'avrei dovuto fare, secondo te?

Prima della risposta, c'è un'altra pausa.

– Non lo so. Tutto potevi fare, tranne quello che hai fatto.

La comunicazione si interrompe. Sarti Antonio butta il microfono sull'apparecchio e bestemmia.

Non stava per niente bene prima e la telefonata lo ha completamente rovinato. Rimette i calzini che si era appena tolto, scende nell'autorimessa e monta sull'ottocinquanta.

Al Pilastro le cose sono tornate normali. Solamente davanti al fabbricato appena sgomberato ci sono quattro questurini in divisa a difendere non si sa bene cosa da non si sa bene chi.

Lucia è seduta, assieme ad altre donne, davanti a casa. La chiama.

– Lucia.

Lei lo raggiunge e gli chiede: – Cosa fai qui? C'è un altro fabbricato da sgombrare?

– Perché hai interrotto?

– Non avevo altro da dire.

– Cristo, ti pare il modo di ragionare?

Ha alzato la voce e le donnette davanti a casa si voltano verso i due. Lucia dice: – Andiamo a fare quattro passi.

Sarti Antonio chiude con cura gli sportelli dell'ottocinquanta, suo unico bene, e si incammina a fianco di Lucia. Arrivano in aperta campagna prima di riprendere il discorso. È Sarti Antonio che chiede ancora, come aveva già fatto al telefono: – Cosa devo fare, secondo te?

– Non lo so. È stato penoso vederti... Quella che hai buttato nella strada è gente che abita in baracche da anni. Aveva tutto il diritto di restare in quelle case vuote.

– Non sono case loro –. Sarti Antonio sta perdendo la calma: – E io? Io cosa ci posso fare? Sarebbe servito rifiutarsi di buttarli fuori? O avrei dovuto ospitarne un paio a casa mia? Lo posso ancora fare, se è questo. Ma non venirmi a raccontare che non devo fare il mio lavoro, non venirmi a raccontare!

Lucia non insiste. Capisce che non è il momento. Si limita a mettergli una mano sul braccio e a dirgli: – Lasciamo perdere. Tu vedi le cose in modo diverso da come le vedo io. Non voglio che litighiamo.

– Perché, quanti sono i modi per vedere le cose? E qual è il giusto?

Lucia alza le spalle.

– Vuoi che parliamo d'altro?

– E di che? Se pensi che io mi sia divertito oggi, ti sbagli. E quel figlio di puttana di Felice Cantoni... Bel divertimento! Ho capito cosa vuoi dire. Avrei dovuto presentarmi a Raimondi Cesare e dirgli: «Caro Raimondi, mi dispiace, ma quella gente resta dov'è». Capirai che bello sarebbe stato. Quello mi avrebbe spedito a casa e al posto mio sarebbe venuto un altro che avrebbe fatto esattamente quello che ho fatto io.

– Ma non lo avresti fatto tu.

– Io divento matto! Vuoi dirmi...

Si interrompe perché una delle donnette che stava seduta davanti alla porta sta correndo verso di loro agi-

tandosi e gridando: – Lucia, Lucia, corri! Brucia, brucia tutto!
– Cosa brucia?
– Vieni, presto. Sta bruciando.

Sarti Antonio ha improvvisamente l'impressione di sapere cosa sta bruciando. Pianta Lucia e la donnetta e corre. Corre con le ultime forze che gli ha lasciato quella giornata infame.

E la realtà è là, di fronte a lui. Nuda e cruda. Un grande, immenso falò e attorno, fuori portata del calore, una cortina di persone a osservare il rogo senza battere ciglio, senza dire parola.

Sarti Antonio, sergente, riesce a mormorare: – Cristo, – e si lascia andare a sedere sul bordo del marciapiede.

Non c'è niente da fare. L'ottoecinquanta è ormai completamente avvolta dal fumo e dalle fiamme, e quando queste si saranno spente, fra poco, non resterà che una carcassa inutilizzabile, un telaio bruciacchiato, un sergente senza automobile.

Sarti Antonio guarda stupito quelle fiamme e quella gente. Fra di loro riconosce Giraffa, Gingio... Distingue la piccola, goffa figura di Volata. E tutti. Tutti i maledetti abitanti di quel maledetto quartiere.

Si avvicina a quella gente e urla: – E adesso? Adesso siete pagati? Avete avuto la vostra soddisfazione? Chi è stato? Fuori il nome di quel figlio di vacca!

Silenzio: la gente comincia a sfollare.

– Nessuno. Nessuno ha il coraggio di farsi avanti e dire: sono stato io! Non finirebbe dentro. Non ce lo porterei. Gli spaccherei solamente la testa su quei gradini! Allora?

Lentamente la gente lo lascia solo e lentamente le fiamme vanno spegnendosi. Lucia gli resta a fianco e dice: – Vieni a casa. Vieni su da me.

Anche Giraffa si è fatto vicino. Gli mormora: – Te lo avevo detto di non farti piú vedere da queste parti. Non hai voluto ascoltarmi...

– Brutto figlio di...

Gli salta al collo e lo stringe fino a togliergli il respiro. Solo Gingio riesce a levare dalle mani di Sarti il povero Giraffa. Poi gli dice: – Lascialo stare. Lascia stare Giraffa, non c'entra niente.

– Sei stato tu?

Gingio scuote il capo e dice: – Non è un tipo di lavoro che mi piaccia. Dar fuoco alle macchine. No, io non c'entro. E poi non voglio tornare dentro: a cosa mi servirebbe bruciarti l'automobile? Piuttosto te l'avrei rubata e venduta a pezzi: è piú conveniente...

Giraffa cerca di rimettersi in ordine e torna di nuovo vicino a Sarti, ma non a portata delle sue mani.

– La gente è stanca. Te lo avevo detto.

Sarti Antonio cerca di riprendere fiato. E controllo. Riesce a chiedere, a se stesso piú che ad altri: – A cosa sarà poi servito bruciarmi l'auto?

Lucia gli ripete: – Vieni su da me, ti preparo un caffè.

Salgono insieme, seguiti dallo sguardo degli ultimi spettatori.

Dalla finestra di Lucia, Sarti Antonio guarda la carcassa dell'ottoecinquanta. Attorno non c'è piú nessuno. Dice: – Avrei potuto avvertire i vigili del fuoco.

– E cos'avrebbero trovato, arrivando? I resti dell'automobile.

Sarti Antonio siede e si asciuga il sudore dalla fronte, con le mani nude. Se le passa anche sugli occhi: è stanco. Stanco da morire.

– Che razza di gente.

– Non puoi capirli.

– Tu puoi?

Lucia annuisce col capo. Sarti Antonio la guarda in viso e dice: – Allora cerca di farlo capire anche a me, perché io proprio non ci riesco. Non ci riesco.

– Bevi il tuo caffè e dimentica quello che è successo oggi. Fai finta di aver sognato.

– Facile. Proprio facile.

Beve il caffè ma dubito che riesca a sentirne il sapore.

Comincia a credere di non conoscere nessuno: neppure Lucia.

18. La maledizione delle tre monetine colpisce ancora

In bella mostra, appeso con una puntina da disegno alla porta di casa, Sarti Antonio trova il biglietto che dice: «Non c'è modo di trovarti in casa neppure la domenica. È cosí che fai il tuo lavoro di questurino?»

Non c'è firma, ma dallo stile direi che Rosas è stato da queste parti. E se è stato da queste parti, deve avere qualcosa da dire. E se ha qualcosa da dire, deve essere importante. Perché il maledetto talpone non esce dalla sua puzzolente tana se non ha cose estremamente importanti da fare.

Sarti Antonio, sergente, è stanco. E ne ha tutto il diritto: la giornata è stata massacrante, il caldo è il caldo di una estate delle piú torride che si ricordi dal Medioevo a oggi. Sarti Antonio avrebbe voglia di buttarsi nella vasca da bagno senza neppure togliersi di dosso i vestiti. Ma il pazzo non apre nemmeno la porta di casa: stacca il bigliettino e scende di nuovo le scale.

L'ottoecinquanta, quello che ne resta, è al Pilastro, vicino al marciapiede, e quel pensiero fa bestemmiare il buon Sarti Antonio. Ma le bestemmie non hanno mai avuto effetti e il solo modo per arrivare in Santa Caterina resta il mezzo pubblico. Che è poi il piú comodo, veloce, economico mezzo di trasporto cittadino. Ed è anche gratuito. Ha le fasce. Orarie, naturalmente.

La porta, al solito, è socchiusa e Rosas, al solito, è sdraiato su quella specie di lettino basso, sommerso da libri. C'è silenzio. E buio. La sola luce è quella che entra dalla finestra aperta sotto il portico. In compenso la casa è fresca e ci si può rilassare senza grondare di sudore come succede a casa di Sarti Antonio.

Sarti Antonio entra, prende una sedia e va a sedere di fianco al lettino, quasi si trattasse di una visita all'infermo. Chiede: – Cosa vuoi?

Rosas pare una talpa uscita dal letargo invernale: gira lentamente il capo verso Sarti Antonio e lo fissa con occhi miopi, dietro le lenti.

– Sei tu?
– No, sono un altro, Cosa vuoi?
– Dove ti eri cacciato?
– A ranocchi. Ero andato a ranocchi.
– Buoni. Ne hai presi?
– Sí, uno. Vuoi dirmi in cosa posso esserti utile?

Rosas si alza a sedere sul lettino e appoggia la schiena al muro. Si toglie gli occhiali e si passa le mani sul viso. Il tutto con estrema calma, quasi con stanchezza. Poi decide: – Ti farà piacere sapere che in questi giorni ho molto pensato al nostro caso.

– Ne sono felice. Si vede che ne sono felice?

Rosas non lo guarda e scuote il capo: – Non si vede ma ti credo. Hai piuttosto l'aria stanca, sei sudato e sbuffi.

– Frega niente. Fuori le novità.
– Novità nel senso di cose nuove, non ne ho gran che –. Al solito Rosas la prende larga, non decide, non arriva al dunque, ma Sarti Antonio, sergente, ci è abituato e lo lascia sfogare perché sa che, con un po' di pazienza, arriverà. E infatti arriva. – Ricordi cosa abbiamo trovato nell'armadietto del piccolo?

– Ricordo perfettamente.
– Vediamo.

Sarti Antonio, sergente, riprende a sbuffare con impazienza: – Senti, non siamo a scuola e gli esami li ho finiti. Vieni al punto.

– Abbiamo trovato giornaletti di «Topolino» e «Il Corriere dei Ragazzi». Il quadernetto delle poesie, un foglio di giornale piegato in quattro...

– ... il suo grembiulino da lavoro con in tasca spago, carta igienica, una vite cromata, uno straccetto per la polvere e figurine per la collezione di *Sandokan*.

– Bravo. Tutto regolare?

Sarti Antonio pensa un poco prima di rispondere.

– Tutto regolare per un ragazzo di undici anni. Tranne...

– Tranne?

– ... il foglio di giornale e la vite cromata.

Rosas rimette gli occhiali sul naso e guarda direttamente in viso Sarti Antonio. Poi gli dice: – Sei forte. Perché non ci hai pensato prima e da solo?

Non vale neppure rispondergli. E non gli risponde. Rosas va al tavolo e porge a Sarti Antonio il giornale piegato in quattro che si trovava nell'armadietto dello spogliatoio. Dice: – Ecco qua il giornale.

Sarti Antonio lo scorre velocemente: è la cronaca cittadina. Mancano le altre pagine. Lo passa tutto e trova le solite notizie di cronaca. Ce n'è una che riguarda il maledetto furto delle maledette monetine. Una persecuzione. Il titolo dice: *Ancora buio fondo sul furto*. Niente di interessante.

– Credi che abbia conservato il giornale per la notizia delle monete?

– Non vedo un'altra ragione.

– Se fosse così, allora quella notte voleva parlarmi del furto di queste maledette monetine. Allora finisce che avevo ragione io fin dal primo giorno. Finisce che si deve cercare il colpevole proprio al Pilastro. Non mi pare ci siano molte altre strade: se il piccolo voleva parlarmi del furto delle monete, non poteva che aver saputo qualcosa al Pilastro. Me ne aveva anche parlato: «Se trovo qualcosa ti avverto», mi aveva detto. Tutto torna al millimetro. Si tratta di cercare ancora fra la brava gente del Pilastro e magari si risolvono due casi contemporaneamente. Chi poteva immaginare che le monete e la morte del piccolo fossero collegate?

– Non è ancora detto che le cose stiano come le descrivi tu.

– Stanno cosí: dove c'è il marcio bisogna scavare.

– È ora che dài una ridimensionata ai tuoi punti di vista, caro mio. È ora che ti rendi conto che ciò che tu consideri marcio, non è detto lo sia. E ciò che consideri bene, il piú delle volte non lo è. Sarai capace di farlo?

– Non si scappa: quelli sono...

– Sono come sono!

– Mi hanno bruciato l'ottoecinquanta!

– A culo l'ottoecinquanta. Finisce lí il tuo mondo? – Rosas ha un gesto di stizza, quasi si rendesse conto dell'inutilità dei suoi sforzi. Poi ricomincia: – Vogliamo andare avanti con i nostri ragionamenti? Dunque: probabilmente il furto delle monete è collegato con la morte del piccolo.

– Va bene, proverò a pensare come pensi tu. Che mi resta? Intanto un altro oggetto che non quadra: la vite cromata. Che poteva farne il piccolo Claudio di una vite cromata? – Fa una lunga pausa che Rosas si preoccupa di riempire col fischio delle sue sinfonie e poi ricomincia: – Ti rendi conto che da quando sono entrate in gioco quelle tre maledette monete io non ho piú avuto un attimo di pace? Comincio a pensare che portino sfortuna. A me sicuramente. Che Dio le maledica!

Sarti Antonio, sergente, ha avuto una giornata faticosa ma non pensa ancora ad andare a casa. Guarda l'orologio e continua: – Dovrei passare dalla Scientifica a mostrare la vite cromata. Chissà che non ne venga fuori qualcosa di utile. Bisognava pensarci prima e prelevarla dall'armadietto.

– Fatto: eccola.

Rosas porge il pugno chiuso a Sarti e gli mette in mano la piccola vite cromata.

– Pensi a tutto, vero?

– Se non lo faccio io, chi lo fa?

– L'hai rubata?

– L'ho presa il giorno stesso che presi il quadernetto delle poesie, lo straccetto per la polvere...

– Anche quello?

Rosas si alza e consegna lo straccetto al sergente.

– Fallo vedere alla Scientifica.

– E mentre tu sottraevi queste prove, io che facevo?

– Non lo so: forse guardavi il bel Giorgio dalla giacchetta bianca. E chi dice che siano prove? Mi risulta che il tuo signor ispettore capo le ha viste prima di noi e non le ha ritenute degne di attenzione. Adesso poi è tutto in mano tua, in mano della legge legale.

– Dovrò andare alla Centrale a piedi.

– Usa la mia bicicletta.

– Sono duecento anni che non monto su una bicicletta.

– Motivo di piú per ricominciare.

– Preferisco andare a piedi. Ho bisogno di ragionare per via.

– Mi dirai i risultati della Scientifica.

– E poi dovrò esaminare anche il rapporto sul cofanetto che ho in casa. Avrei dovuto farlo da parecchio tempo.

– Sono d'accordo anch'io.

Sarti Antonio si porta via il giornale del piccolo, la vite cromata e lo straccetto per la polvere. Anche se non capisce cosa ci sia da scoprire in uno straccetto per la polvere.

Mentre torna verso il centro, le idee gli si schiariscono. Parla da solo, sottovoce, e riesce a ragionare con una certa facilità.

Quelli che lo incrociano non sospettano certamente che si tratti della legge nel pieno svolgimento delle proprie mansioni. Suppongono piuttosto che si tratti di un marito che ha appena avuto uno scontro con la consorte sul problema del cumulo dei redditi. O di corna. Il che non è molto diverso.

Arriva alla Scientifica e si presenta al collega addetto alle analisi, alle ricerche, ai reperti, ai microscopi... Gli mette sul tavolo lo straccetto e chiede: – Quanto ti ci vorrà?

Il tipo, in un camice bianco enormemente piú grande di lui, quattro numeri almeno, esamina con occhio esperto lo straccetto per la polvere, lo solleva con due dita e precisa: – Se è per spolverare tutto il laboratorio, direi che mi ci vorranno due mesi piú o meno.

Sarti Antonio non è nelle migliori condizioni di spirito per apprezzare le battute: non riesce neppure a sorridere. Sono mesi che non riesce a sorridere. Da quando è cominciato l'affare delle monetine. Si limita a dire: – Voglio sapere cosa ci trovi. Il tipo di polvere, le impronte, di dove può venire questo tipo di polvere... Tutto insomma. Quanto ti ci vorrà?

Il tipo arrotola il mezzo metro di manica in piú che gli impedisce di mostrare le manine. Pare Cucciolo. Poi dice: – Ti va bene fra due giorni?

– Andrebbe meglio domattina.

– Sei suonato. Guardati attorno: quello che vedi è tutto da analizzare.

Sarti Antonio si guarda attorno ma non vede altro che una lunga teoria di scaffali e di tavoli completamente vuoti. Ma non insiste anche perché Cucciolo passa oltre e dice: – Serve altro?

Sarti Antonio non sa come chiedere notizie della vite cromata. Ci prova. Gliela porge bene in vista fra l'indice e il pollice della mano destra e chiede: – Cos'è questa?

Cucciolo guarda l'oggetto, con occhio esperto, senza toglierlo dalla mano di Sarti. Poi dice: – Direi che si tratta di una vite.

– Fai il furbo? – Mette nella mano di Cucciolo la vite. Gli porge anche il giornale dicendo: – Impronte, altri eventuali indizi.

Cucciolo guarda il tutto e chiede: – C'è altro che posso fare per te?

Sarti Antonio se ne va. Ha proprio esaurito tutte le risorse fisiche. Sta per crollare.

Tanto che, per arrivare fino a casa, deve affidarsi a un'auto pubblica. A sue proprie spese, naturalmente.

Si lascia cadere nella vasca piena d'acqua tiepida, senza neppure aver la forza di togliersi i calzini. Poi si sdraia sul letto convinto di addormentarsi di colpo ma si sbaglia. Per quanto gli occhi gli si chiudano, la mente si rifiuta di intorpidirsi e i pensieri non gli si arrestano.

Una dopo l'altra, in quella giornata infernale, le cose, gli avvenimenti, prendono il loro posto con facilità. La cosa piú incredibile gli appare il collegamento fra la morte del piccolo e la scomparsa delle tre monete. Incredibile prima della scoperta del giornale nell'armadietto del piccolo. Ma non hanno, lui e Rosas, fatto viaggiare troppo la fantasia? E non si potrebbe trattare di un foglio di giornale qualsiasi, finito nelle mani del piccolo Claudio per un motivo altrettanto qualsiasi?

Ci sarebbe da ricominciare da capo. Non si può abbandonare quel ramo teso improvvisamente sul vuoto nel quale, fino a quel momento, Sarti Antonio aveva brancolato. Non si può! Bisogna tenere buona la pista. E allora la soluzione appare là dove non l'avrebbe mai cercata: in quelle tre monete sparitegli di sotto il naso e ritornate improvvisamente al proprietario dietro pagamento di trecento milioni. Trecento milioni contro la vita del piccolo Claudio.

In quella notte piena di pensieri, Sarti Antonio si chiede se ci sarebbe mai arrivato da solo... se Rosas non lo avesse spinto in quella direzione. Non trova la risposta.

La maledizione di tre monetine lo sta perseguitando da molti mesi, ma adesso è certo di trovarsi molto vicino alla soluzione. Non sa ancora di che tipo potrà essere questa soluzione, ma non se ne preoccupa: ci arriverà. E prima di quanto l'ispettore capo Raimondi Cesare possa immaginarlo.

Il risultato è che non riesce a chiudere occhio per tutta la notte. Il caldo... Gli ritorna il fresco di Monteverro! Il caldo ha fatto il resto. Il silenzio delle pietre, delle strade di Monteverro.

Al mattino è piú stanco di quando è andato a letto. Alzarsi diventa un problema, un tormento. I muscoli gli dolgono, la testa gli gira, ha gli occhi pesti.

Telefona in Centrale, all'ufficio personale, e comunica di aver bisogno di un giorno di permesso.
– Motivo?
– Morte di un parente prossimo.
– Di che grado?
– Faccia lei: da maresciallo in su vanno bene tutti.

Con calma, barcollando per la cucina, si prepara un caffè, nella speranza che questo possa mettere le cose a posto. Poi è deciso a dedicarsi alla lettura della relazione della Scientifica sul cofanetto e sulle monetine. Relazione che doveva trovarsi proprio sul tavolo, davanti a lui e davanti alla sua tazzina di caffè. Ma il tavolo è pulito, sgombro e vuoto. Desolatamente.

Il telefono gli interrompe le ricerche e i pensieri sulla sparizione quanto mai misteriosa della cartella.

– Cos'è questa storia, è vero come si dice, che non vieni in servizio? Perché hai chiesto una giornata di permesso senza dirmi niente?

– Non sto bene.

– Allora ci si mette in malattia.

– Se vado in malattia, non potrò uscire di casa. Ho chiesto un giorno di permesso.

– Negato! Se sei in grado di uscire per i tuoi affari, non vedo perché tu non possa uscire per gli affari di servizio.

Comunicazione interrotta. Si presenta una bella giornata: dopo una splendida notte. E Sarti Antonio non è nelle migliori condizioni per affrontarla.

19. Quando Rosas diventa insopportabile

Ormai Sarti Antonio si trova talmente a proprio agio in casa di Rosas che ci resta pure quando il padrone non c'è. Può prepararsi un caffè, sedersi sul lettino, aspettare il maledetto talpone (che magari è fuori per una delle sue spedizioni eversive), frugare fra i libri alla ricerca di qualcosa di decente da leggere nell'attesa...

E proprio sul tavolo, fra i libri, trova la cartella della Scientifica che avrebbe invece dovuto trovarsi a casa di Sarti, sul tavolo di Sarti, nella cucina di Sarti.

A Sarti Antonio va il sangue alla testa: adesso il maledetto talpone si è messo anche a rubare. Adesso sottrae le prove!

– Maledetto talpone. Mi sentirà.

Sfoglia la relazione senza leggerla: si sta chiedendo quando mai Rosas può averla rubata dal suo tavolo. E si arrabbia molto. Piú con se stesso che con Rosas. Costui, in fondo, non fa che continuare nel suo modo di vita. Ma lui, Sarti Antonio, un questurino! Si è fatto fregare il giornale dall'armadietto dello spogliatoio, lo straccetto per la polvere, la vite cromata. Peggio: si è fatto fregare la relazione della Scientifica da casa sua, da sotto gli occhi. È una questione di principio: le cose basta chiederle! Ma no. Quello deve rubare.

Arriva all'ultima pagina e trova un biglietto scritto a mano, col pennarello. Sono appunti di Rosas, fissati sulla carta per ricordarli meglio. Ma è difficile decifrare quelle formiche nere che si inseguono sul biglietto: una calligrafia minuta, irregolare, che assomiglia piú alla stenografia che all'alfabeto.

Ci riesce.

> Primo: secondo la dichiarazione del Corticelli Clodo, la telefonata con richiesta di riscatto è giunta la sera stessa della notte in cui il piccolo Claudio veniva poi ucciso. Coincidenza?
>
> Secondo: piú tardi, quella sera stessa, il Corticelli Clodo riceve un'altra telefonata, sempre secondo le sue dichiarazioni, con la quale gli si comunica che le monete non possono essere restituite a causa, dice la telefonata, di un contrattempo imprevisto. Piú tardi il piccolo Claus viene assassinato. È lui il contrattempo imprevisto?
>
> Terzo: le monete vengono poi restituite molti, molti giorni dopo la telefonata dell'imprevisto. Si è atteso che le acque si calmassero?
>
> Quarto: il giornale che fascia il cofanetto è un giornale locale venduto in migliaia di copie. È incompleto perché mancante della pagina di cronaca cittadina. Una pagina di cronaca cittadina dello stesso giornale e con la stessa data si trova nell'armadietto del piccolo Claus. Coincidenza? Non sono troppe?
>
> Quinto: sul giornale appaiono tracce di olio lubrificante e di polvere.
>
> Sesto: sul cofanetto non appaiono le medesime tracce. Evidentemente questo è sempre rimasto avvolto nel giornale e non è venuto a contatto con l'ambiente esterno.
>
> Settimo: sul giornale e sul cofanetto appaiono numerose impronte confuse e sovrapposte. La maggior parte di esse appartiene a Corticelli Clodo. Appaiono anche altre impronte piú piccole che non si sono classificate in quanto non appartengono a nessuno dei personaggi schedati o comunque implicati nel caso in oggetto.

Fine degli appunti. C'è ancora una frase in stampatello: CI SEI ARRIVATO?

A chi sia rivolto l'interrogativo Sarti Antonio non lo sa, eppure sente una vampata di calore salirgli al viso e urla a se stesso: – E certo che ci sono arrivato. Ci sono arrivato adesso. Come potevo arrivarci prima se la relazione della Scientifica l'avevi rubata dal mio tavolo?

Rosas, entrato in silenzio, gli risponde: – Non l'ho rubata. L'ho presa a prestito.

– E non potevi chiederla? Non potevi comportarti come tutte le persone normali di questo mondo? Chi credi di essere? Finisce che mi rompi i coglioni e ti mando al diavolo.

Rosas mette sul tavolo, assieme agli altri, i libri che teneva in mano e dice, senza curarsi di Sarti Antonio:
– È andato bene. Il mio esame: è andato bene. C'è un po' di caffè?

Sarti Antonio va a preparare un'altra macchinetta. Dice: – Lo faccio per me, sta' calmo.

– Lo so. Senti: ti saresti mai deciso a leggere quella relazione?

Dalla cucina Sarti gli risponde: – Come potevo leggerla se l'avevi rubata.

– Non contare balle: tu non l'avresti mai letta perché il tuo angolo di visuale è limitato. Consideri le cose che ti succedono attorno, separatamente, senza preoccuparti di collegarle fra loro. Non sai che ogni avvenimento ha origine da un altro e tutti confluiscono verso lo stesso risultato. O hanno origine dalla stessa matrice. Che poi, in definitiva, è la società, la massa. E se la sovrastruttura, a prima vista, può apparire diversa o divergente, andando in profondità, andando alla struttura, ci si rende conto della unicità degli eventi. E cioè la classe; e cioè l'economia; e cioè la politica.

Chissà per quanto continuerebbe se Sarti Antonio non lo fermasse.

– Ho perduto il filo. Ti dispiace ricominciare da capo?

– Sí, domani –. Si rilassa sul lettino e si dedica al fischio solista fino a quando non ha sotto il naso la tazzina fumante.

– Buono.

– Lo so.
Bevono.
Solo dopo Rosas accenna col capo alla relazione sul tavolo e chiede: – Cosa ne dici?
– Abbastanza bene.
– Abbastanza bene? Ci sono tutti gli elementi per arrivare al responsabile.
– Ti pare? Cosa ci dice la relazione della Scientifica? Ci dice che il cofanetto, o per meglio dire, il giornale, è stato a contatto con un ambiente contenente olio lubrificante...
– Per esempio un'officina.
– ... ci dice che il Corticelli Clodo ha avuto fra le mani sia il giornale che il cofanetto...
– Mentre mi sembrava avesse dichiarato di aver usato tutte le cautele nel recupero del cofanetto, in modo da non lasciare impronte.
– Infine possiamo supporre che le piccole impronte non identificate potrebbero essere di Claudio Reni. Con ciò si proverebbe l'inequivocabile connessione fra i due casi: morte del piccolo e furto delle monete. Cosa che, del resto, avevamo già supposto. E con ciò siamo sempre e comunque in alto mare.
– Per prima cosa toglierei il condizionale: quelle piccole impronte sul giornale *sono* del piccolo.
Ha parlato l'oracolo. Ma basta che anche Sarti ci pensi un attimo per dargli ragione. Rosas non parla spesso, ma quando parla e afferma, lo fa a ragion veduta. Infatti Sarti Antonio conviene: – È vero. Quando il piccolo venne a cercare di me, la sera famosa, teneva sotto il braccio, avvolto in carta di giornale, un pacco. Poteva essere solamente il cofanetto. Me lo stava portando, Cristo! E io dov'ero?
– Probabilmente a troie. O a letto a dormire.

- Ma se lo stava portando, Cristo, perché non l'ha consegnato all'agente che era al mio posto?
- Perché è a te che voleva consegnarlo. Eri tu che dovevi riscattarti agli occhi dei tuoi superiori. Mi pare ovvio.
- Ecco perché il cofanetto non poteva essere restituito quella notte stessa al Corticelli Clodo, come convenuto. Ecco l'imprevisto contrattempo.

C'è un lungo periodo di silenzio che Sarti Antonio rompe con una richiesta inattesa: - Mi presti la bicicletta?
- È nel corridoio, qui fuori.

Sarti Antonio esce e trova un vecchio catorcio del 1915. Dubito che abbia i freni efficienti, ma non c'è di meglio, al momento.

Salta sulla bicicletta e arriva alla Centrale.
- Cos'hai trovato nello straccetto?
- Polvere.
- E poi?
- Macchie di olio lubrificante. Lo stesso che ho trovato nel giornale che conteneva il famoso cofanetto...

Sarti Antonio non ne dubitava. Adesso sa dove andare. Prima chiede ancora: - E la vite?
- È una vite.
- Grazie. E poi?
- Non so cos'altro dirti su una vite. La lunghezza, il passo, il materiale... Che vuoi da me? Miracoli?
- Restituiscila.
- Con piacere. Firma qui.
- Per cosa?
- Per la restituzione della vite.
- Ma è mia.
- Io l'ho esaminata e dal momento che è entrata nel laboratorio... Firma qui.

Cucciolo non sente ragioni e Sarti Antonio sa che

se vuole uscire con la vite, dovrà firmare. Firma e se ne va.

– Quello è matto: il mestiere gli ha dato alla testa. Senti chi parla!

A ogni pedalata, la bicicletta diventa piú pesante, piú dura, e Sarti Antonio suda abbondantemente. Si consola pensando che un po' di moto non ha mai fatto male a nessuno. Almeno cosí spera.

All'officina, appena Romano ha smesso di ridergli in faccia per la bicicletta, gli mette sotto il naso la vite e chiede: – Sai cos'è?

– Una vite.

Tutti credono, oggi, di essere spiritosi. Sarti Antonio si controlla e continua: – Ne hai mai viste di simili?

– Ne vedo tutti i giorni.

– Dove?

Romano accompagna Sarti verso una vettura e apre la portiera: solleva la stuoia del pianale, sotto il posto-passeggero, e dice: – Ci sono quattro viti come quella e tengono fissato il pannello del vano «cervello elettronico».

– Puoi mostrarmi quel vano?

Romano non comprende il motivo ma esegue e, appena smontato il pannello, appare un vano sufficientemente grande per contenere il cofanetto maledetto.

– Direi che può entrarci.

– Cosa?

– Non ti interessa.

– Grazie tante e scusa.

– Può esservi dell'olio lubrificante là dentro?

– Può capitare. Lavorando, alcune gocce di olio possono entrare.

Sarti Antonio ne ha abbastanza: esce senza neppure salutare Romano e pedala verso casa. Ha fame ed è stanco. A sera dovrà tornare da Rosas, se non altro, a restituire il vecchio catorcio.

E difatti, a sera, rimette la bicicletta nella esatta posizione nella quale si trovava prima ed entra da Rosas. Si direbbe che costui non si sia mosso dal lettino sul quale si era deposto questa mattina. Tutto il giorno immobile, sdraiato a leggere: c'è da diventare matti.

– Sei ancora qui!

Constatazione. Sarti Antonio annuisce.

– Ancora qui. Ho delle novità.

– Sentiamo le ultime cazzate della giornata.

– Se vuoi puoi chiamarle cazzate. Eccole: Claudio Reni aveva trovato il cofanetto per caso, nascosto nel vano del cervello elettronico di certe vetture della Citroën. Si tratta di controllare tutte le auto uscite dall'officina del mio amico Romano in quel periodo.

– Prima cazzata: il piccolo Claus non lavorava piú all'officina del tuo amico Romano quando è successo il guaio.

– Questo lo so, ma potrebbe aver trovato il cofanetto prima, quando ancora vi lavorava.

– Seconda cazzata: se cosí fosse, come avrebbe potuto il rapitore avvolgere il cofanetto con un giornale ancora da stampare?

– Poteva essere stato avvolto in seguito.

– Impossibile: sul giornale ci sono macchie d'olio lubrificante e quindi il pacco è sempre rimasto nascosto in quel vano, completamente avvolto nel giornale. E poi, secondo te, uno porta a riparare l'automobile con dentro nascosto un tesoro? Terza cazzata: ti pare che un ragazzo in gamba come il piccolo Claus non sarebbe corso immediatamente da te, appena trovato il cofanetto? Come del resto ha poi fatto. Quarta cazzata: ti sei completamente dimenticato, come tutti, pare, delle duecentomila lire.

Sarti Antonio ha perduto quel bel lucido che aveva entrando. Si consola: – Sappiamo dove è stato tenuto nascosto il cofanetto: è già qualcosa, no?

– Certo. Ci saranno diecimila vetture di quel tipo. Senza contare che la nostra, quella che ci interessa, può essere venuta da fuori. Chi si accontenta gode.

Non c'è niente da fare: quando Rosas vuole fare del disfattismo, ci riesce perfettamente. Diventa insopportabile. Come il suo fischiettare. Sarti Antonio se ne va. Vuol essere a casa sua quando lo coglierà il primo attacco di colite.

Passa davanti alla finestra sotto il portico e sente che Rosas ha smesso di fischiettare.

Si appoggia all'inferriata e gli urla: – Non metterò mai piú piede in questa casa –. È proprio giú di corda, poveretto.

Rosas gli risponde: – Sai cosa? Non ti sei accorto che tutta la storia si è svolta dietro un paravento e che tu non hai visto il paravento. Il Pilastro è un paravento; come pure la povertà, la droga, il furto, gli omosessuali, tutto quanto hai incontrato sulla strada. Se guardiamo dietro il paravento, sai cosa troviamo? Troviamo ricchezza, un mondo diverso, organizzato, che non lascia spazio all'improvvisazione. Prendi la carabina, per esempio. Ti ho già detto che non può essere una carabina qualsiasi: è di alta precisione e di grande potenza. Magari costa un patrimonio e magari è dotata di cannocchiale per il puntamento. Magari viene dalla Germania e direttamente. Chi se la può permettere al Pilastro? E non è rubata, come stai per dirmi, perché in tal caso il derubato ne avrebbe denunciato il furto. Bisogna guardare dietro il paravento.

Sarti Antonio si stacca dalla finestra sotto il portico perché Rosas ha finito il suo monologo: non si rende conto del motivo per cui lo abbia lasciato uscire per

QUANDO ROSAS DIVENTA INSOPPORTABILE

poi raccontargli quanto gli ha raccontato. Sta per allontanarsi quando sente ancora Rosas urlare, dalla sua tana, al buio: – E credo anche di sapere chi è nascosto dietro il paravento.

Sarti Antonio non torna sui suoi passi: non tornerebbe neppure se Rosas gli dicesse il nome dell'assassino. Mormora fra sé: «Se credi di saperlo tu, lo saprò anch'io. Fosse pure l'ultima cosa della mia vita».

Rosas ha giocato pesante con i sentimenti di Sarti Antonio e credo che la lunga confessione dietro la grata sia un po' un suo modo per farsi perdonare.

20. Mai piú da Rosas: chi fa da sé fa per tre

Anche il piú scassato dei questurini ha una sua dignità. Quella di Sarti Antonio, sergente, gli impone di non tornare mai piú da Rosas, in Santa Caterina 19. Mai piú.

E questo anche perché è fermamente convinto di riuscire da solo a fare le stesse cose che gli potrebbe suggerire il talpone. Gli ci vorrà piú tempo, ma nessuno ha il diritto di umiliarlo come lo ha umiliato Rosas.

E chissà quali altre idee stanno passando per la testa di Sarti Antonio, sergente. Posso immaginarne qualcuna, non tutte.

Intanto l'auto ventotto lo porta a spasso per la tranquilla città estiva.

Da due giorni ha preso l'abitudine di pensare dentro di sé, non sottovoce come faceva di solito, e io devo impazzire per riuscire a seguire i suoi contorcimenti mentali. Il piú delle volte raccolgo solamente il risultato finale. Come in questa occasione, quando, finalmente, decide di parlare sottovoce. Vien voglia di piantarlo e che vada con il suo dio. Ma non mi conviene, almeno fino alla fine dell'inchiesta privata che sta conducendo.

– Sarebbe il caso di andare alla B e B Tessuti...

Com'è naturale, Felice Cantoni non lo ascolta, convinto che il sergente stia parlando fra sé. Per cui non fa una piega e continua a tirare nella sigaretta, prima e ultima della giornata.

– Andiamo alla B e B Tessuti.

Stessa reazione. Allora Sarti Antonio alza la voce.

– Sei sordo? Voglio andare alla B e B Tessuti –. E per farsi intendere meglio, strappa dalle labbra del buon Felice l'unica sigaretta dell'intera giornata. La getta dal finestrino. – E smettila di fumare qua dentro: quando parlo mi devi ascoltare.

– Come vuoi tu. Basta saperle le cose. Come vuoi tu.

Giorgio «Giacchetta Bianca» è ormai abituato alle visite di Sarti Antonio e colleghi, per cui non si stupisce piú. Sa perfettamente ciò che deve fare e passa il sergente direttamente dal commendatore.

Costui, appena vede Sarti Antonio, gli si fa incontro e gli stringe le mani. Tutte e due.

– Sempre al lavoro? Mi fa piacere rivederla. E la signora? Come sta la signora Lucia?

Le solite domande che esigono le solite risposte. Sarti Antonio va per la sua strada e dice: – Questa dovrebbe essere l'ultima volta che vengo a rompere le scatole. Ho ancora bisogno della sua collaborazione e della sua cortesia. Vorrei parlare con gli operai che hanno gli armadietti vicino a quello del piccolo Claudio.

Il Degennaro gli mette una mano sulla spalla per fargli capire la sua piena fiducia e la sua comprensione. Lo accompagna di persona negli spogliatoi: estremo atto di gentilezza.

Alcuni operai vengono riuniti dal solito, taciturno Giorgio e, entrando, salutano con un riverente cenno del capo il principale.

– Il sergente desidera rivolgervi alcune domande: vi prego di essere precisi, come fossi io stesso a parlarvi. Dica pure, sergente.

– Pare che il piccolo Claudio Reni sia stato ucciso a causa di un certo pacco che intendeva consegnare alla Polizia. A me personalmente. Si tratta, per risalire all'assassino, di stabilire dove e come il piccolo sia venuto in possesso del pacco. Ritengo che Claudio Reni abbia tenuto nascosto il pacchetto proprio nel suo armadio, per un certo tempo. Qualcuno di voi sa dirmi quando e può confermarmi questo mio sospetto?

Gli operai si guardano in faccia per alcuni attimi. Uno di loro parla per tutti.

– Non ci risulta. Non abbiamo avuto occasione di notare il pacco del quale lei ci ha parlato.

Sarti Antonio insiste.

– Pensateci bene: si trattava di un piccolo oggetto avvolto in carta di giornale. Magari avvolto anche in uno straccetto per la polvere che abbiamo rinvenuto nel suo armadio.

Interviene un altro operaio: – Mi pare di aver notato Claus venire al lavoro con un pacco. Molto piccolo. È stato all'ora di pranzo. Lo ricordo perché in tutta la mattinata non avevo notato in giro il ragazzo, nonostante lo avessi cercato. Lo ricordo anche perché gli chiesi, seduti a tavola, in mensa, se si era portato il mangiare da casa.

Sarti Antonio segue i ragionamenti dell'uomo e lo sollecita.

– Com'era grande il pacco?

– Piccolo, molto piccolo. Il povero Claus mi rispose che non conteneva niente di commestibile ma che comunque il suo contenuto sarebbe rimasto sullo stomaco a qualcuno.

– Dove ha messo il pacco, quando ha ripreso il lavoro?

– Se l'è portato dietro per tutto il pomeriggio.

Sarti Antonio pensa di essere sulla buona strada. Chiede: – Dove può essere stato quella mattina, visto che non lo avete notato in fabbrica?

– Non lo so.

– Non ha detto niente che possa metterci sulla giusta strada?

È proprio tutto quello che gli operai possono fare per Sarti. Adesso non riescono piú a rispondergli se non con un'alzata di spalle.

– Vi ringrazio. Andate pure –. Poi Sarti Antonio si rivolge a Giorgio e al Degennaro: – Avete idea di dove possa aver trascorso la mattinata? Non doveva presentarsi al lavoro come gli altri operai?

Il Degennaro si stringe nelle spalle: – Non proprio. Non era un operaio come gli altri. Il caposervizio aveva disposizioni di non controllare il piccolo, che era libero di andare e venire quando lo ritenesse opportuno o quando fosse stanco del lavoro. Era un bambino.

Giacchetta Bianca Giorgio rincara la dose: – Credo sia impossibile stabilire l'orario di entrata del povero Claudio, come pure stabilire dove possa aver trascorso la mattinata. A volte si perdeva per i reparti a guardare il lavoro, prima di arrivare al suo posto. Non era assolutamente tenuto a rispettare gli orari: era solo un bambino.

Questo Sarti Antonio lo sa bene: glielo hanno ripetuto un po' tutti, attorno. Non c'è altro.

Sarti Antonio, sergente, saluta il commendator Degennaro e si fa accompagnare da Giorgio fino all'ingresso.

L'auto ventotto lo aspetta e il solito Felice Cantoni gli dirà il solito «Qualcosa di nuovo?» Oppure: «Allora?» C'è da scommettere un mese di stipendio.

Ma questa volta il Felice Cantoni non apre bocca: deve essersi offeso per il fatto della sigaretta. Si limita a portare l'auto ventotto fuori dal recinto della fabbrica e poi chiede: – Dove devo dirigere?

– A sentimento.

Felice Cantoni non ha capito bene e chiede ancora:
– Dove?
– A sentimento: devo pensare.
– E dove sarebbe?
– Dove sarebbe cosa?
– Sentimento.

Ciò detto Felice Cantoni scoppia in una sonora risata, ma Sarti Antonio non apprezza. Ha i suoi pensieri e li deve seguire senza distrarsi.

Un altro tassello è andato a collocarsi al suo giusto posto, ma i contorni della figura restano confusi, se non illeggibili.

Pare che il piccolo Claudio abbia trovato, proprio quella mattina famosa, il cofanetto con le monete antiche. Adesso si tratta di scoprire dove ha passato la mattinata e di conseguenza dove può aver trovato il materiale.

Ma chi può essere in grado di rispondere a questa domanda? Una domanda che è poi la chiave di tutto. Al momento nessuno può rispondergli. O meglio: Sarti Antonio non immagina chi possa farlo.

Sarti Antonio sente l'esigenza di parlare, di parlare... Solo in questo modo le idee trovano il loro spazio per venire alla luce. Da una frase ne nasce un'altra e poi un'altra.

Ma non con Felice Cantoni: quello è solo un mezzo di comunicazione fra il mondo umano e il mondo meccanico. L'anello di congiunzione fra i parlanti e le autostrade.

E il dialogo può avvenire attraverso il volante, il piantone, l'assale, le ruote, per terminare sull'asfalto. Oppure: leva del cambio, scatola cambio, albero di trasmissione, giunto, motore, asfalto.

Da un tipo simile non ci si può aspettare niente di niente. Si dovrebbe parlarne con Rosas. Ma Sarti Antonio è una settimana che non passa da Santa Caterina ed è ben deciso a lasciar trascorrere tante altre settimane fino a costruire un secolo e oltre.

Non gli resta che parlare con se stesso. Lo farà piú tardi, chiuso nel bagno del suo appartamento: chi fa da sé fa per tre.

– Bel proverbio dei miei coglioni.

21. La soluzione arriva all'improvviso

Da un po' di tempo a questa parte il buon Sarti Antonio, sergente, ha preso la brutta abitudine di pensare in silenzio e questo mi mette in grosse difficoltà. È diventato diffidente come un animale selvatico, non ha piú rispetto per nessuno. Mi mette in difficoltà perché sono costretto a tirare a indovinare quello che gli passa per la testa e il piú delle volte sbaglio. Non sono mai stato un indovino.

Adesso, per esempio, sono certo che sta ripassando la storia del piccolo Claudio, dall'inizio; direi che sta rimandando in memoria ogni avvenimento. E invece può essere che mi sbaglio e sta pensando alla sua colite. O a una buona tazzina di caffè.

Se ne sta sdraiato sul letto: questa è la sola cosa certa. E ha la fronte aggrottata. Lo preferivo quando ragionava a voce alta chiuso nel gabinetto. Era piú comodo.

Improvvisamente si alza e dice: – Mi pigliasse un colpo. Come ho fatto a non pensarci prima?

Si mette a ballare per la stanza alla ricerca delle mutande, dei calzini e della camicia. Poi scende le scale di corsa per arrivare all'autorimessa. Deve aver dimenticato che la sua ottoecinquanta non sta piú là sotto. Se ne ricorda non appena trova il box vuoto. Di corsa torna in casa e chiama al telefono un taxi.

Deve essere estremamente importante. Scende nuovamente i gradini a quattro per volta e si mette a passeggiare sul marciapiede.

Quando il taxi appare in fondo alla strada, gli corre incontro.

Non è piú lui. Di colpo. Grida all'autista: – In via Santa Caterina 19.

– Non posso, il traffico è vietato alle automobili.

– Mi porti il piú vicino possibile a via Santa Caterina, allora.

Deve aver completamente dimenticato la promessa di non mettere mai piú piede, campasse cent'anni!, in casa di Rosas.

Ma si dicono e si promettono tante cose nella vita.

Il taxi si ferma in via Nosadella e l'autista gli dice: – Piú vicino di cosí non posso.

– Mi aspetti: torno subito –. Scende ma non fa molti passi che il conducente lo afferra per la camicia. È un pezzo di tassista come ce ne sono pochi e, visto fuori dall'auto, non si capisce come riesca a comprimersi tutto nell'abitacolo della vettura.

– No, bello. Adesso paghi e poi, magari, ti posso anche aspettare un paio di minuti.

Sarti Antonio, sergente, deve avere molta fretta perché paga senza ribattere.

– Non se ne vada, mi raccomando. Torno subito.

Per le strade non c'è nessuno; le luci sono accese da un paio d'ore soltanto. Fa sempre piú caldo e si ha l'impressione che questo tremendo forno estivo non debba smettere mai.

Sarti Antonio corre per via Ca' Selvatica e lungo i portici bassi di Santa Caterina. Entra in casa di Rosas urlando: – Tu lo sapevi! Ma adesso lo so anch'io! Cervellone. E sai cosa ti dico? Mi manca solo una piccola, piccolissima conferma e poi ti farò vedere, ti farò.

Senza aspettare risposta al suo monologo urlato, si

gira ed esce dalla stanza, riprende la corsa sotto i portici di Santa Caterina e lungo Ca' Selvatica.

I vecchietti seduti davanti alle porte a prendere quel po' di fresco che riescono a catturare, lo guardano per la seconda volta passare davanti a loro e godono di un filo d'aria mosso dalla corsa di quel povero pazzo corrente.

Corre e borbotta qualcosa che io afferro a malapena e solo a tratti: – E se speri che ti ringrazi... Neanche se crepi... Per quello che mi hai detto l'ultima volta... Ci vorrebbe un indovino a capire quel maledetto talpone della madonna.

Se ho capito bene, a metterlo in quello stato di agitazione deve essere stato l'ultimo colloquio avuto con Rosas: lui, Rosas, sdraiato sul letto e lui, Sarti Antonio, appeso alla grata della finestra sotto il portico.

Non c'è da stupirsene perché non è la prima volta che Sarti Antonio arriva a una conclusione ragionando sulle parole che Rosas gli butta là come per caso. E non sarà l'ultima, credo.

Dietro di lui, Rosas urla: – Fermati. Aspettami, Vengo con te. Aspettami.

– Stai fresco.

Aumenta la velocità: deve soltanto arrivare al taxi. Ammesso che lo stia aspettando.

Cosí è: un tassista onesto, niente da dire.

Sarti Antonio salta sulla vettura e mentre questa si muove, guarda dal lunotto posteriore. Rosas sta spingendo sui pedali del vecchio catorcio nella vana speranza di raggiungere Sarti Antonio.

– Pedala, pedala, bello. Ci vediamo domani.

Il tassista chiede: – Prego?

– Niente. Parlo da solo.

Il tassista è imbarazzato. Ha l'impressione di aver caricato un altro matto, come quello dell'altro giorno che si è fatto accompagnare ai Giardini Margherita perché voleva rapire la leonessa per poi chiedere il riscatto al Comune. Chiede, sperando che l'indirizzo non sia lo stesso: – Dove andiamo?

– Sempre dritto davanti a lei.

Sempre dritto fino ad arrestarsi davanti alla villa in collina del Degennaro. Sono le undici di sera. È da pazzi presentarsi a casa del prossimo a quell'ora.

Cosa accidenti sia venuto a fare, perché a quest'ora, perché tanto in fretta, non l'ho ancora capito. Lascio che si sfoghi: prima o poi dovrà crollare e riprendere i ragionamenti a voce alta. Non è di ferro.

Come ho appena previsto, il Sarti Antonio comincia il monologo proprio mentre paga la corsa e il tassista ritiene opportuno allontanarsi in fretta, il piú rapidamente possibile, da quel pazzo che parla da solo e che dà i numeri.

Mentre i fanalini spariscono dietro la curva, in fondo alla strada, mi chiedo come faremo a tornare in città. A meno che non abbia intenzione di dormire alla villa del Degennaro.

Meglio dedicarsi a Sarti Antonio e al suo parlottare sommesso.

– Mi manca un piccolo tassello; e deve essere qui. Se è come penso, se non ho sbagliato a mettere assieme le cose... Un piccolo, piccolissimo particolare...

Si arrampica sul cancello e salta dentro. Non mi resta che seguirlo sperando, per lui, che il Degennaro non usi cani da guardia nelle sue proprietà.

Sarti Antonio deve avere le idee estremamente chiare perché sa dove andare e ci va diretto, senza esitazione.

Le porte dell'autorimessa, ex fienile, sono aperte come in ogni autorimessa che si rispetti.

In un angolo c'è un armadietto esattamente come

quelli notati alla B e B Tessuti. Dentro, appeso, c'è un piccolo grembiule fatto su misura per Claudio.

– Veniva anche qui... Lo portava su, in villa.

Le tasche del grembiule sono completamente vuote e allora Sarti Antonio si guarda attorno per cercare... sa solo lui cosa.

Trova una torcia elettrica e pare fosse proprio ciò che gli interessava. Una corsa di notte, fin qui, per una torcia elettrica.

Mi sbaglio.

Accende la torcia e va all'automobile, apre la portiera, solleva la pedanina di fianco al posto di guida e fa luce. Il pannello che chiude il vano del cervello elettronico è la, come in tutte le Maserati-Citroën. Solo che al pannello di questa Maserati-Citroën manca una vite di fissaggio. Una piccola vite cromata.

Sarti Antonio, sergente, sorride e prende dalla tasca la piccola vite mancante. La prova nella presunta sede. È la sua.

Ma evidentemente non basta. Sarti Antonio esce dall'ex fienile, spegnendo la luce come un bravo padrone di casa, e si dirige verso la ex stalla, ora sala soggiornogiochistudiomostracantina.

Entrarvi è più difficile che entrare nell'autorimessa.

Ma i questurini della Squadra Raimondi Cesare, ispettore capo, non tremano. Raimondi stesso ha tenuto di recente un corso di grimaldellologia presso la sede della locale Questura. *Come aprire ogni porta senza lasciare tracce.*

Al terzo tentativo e grazie agli insegnamenti ricevuti, Sarti Antonio riesce a forzare il blocco, da buon questurino, e a entrare. Non è il caso di accendere le luci per non insospettire qualcuno. La torcia elettrica è più che sufficiente per ciò che Sarti Antonio deve vedere: la vetrinetta delle armi.

A colpo sicuro. Prende una carabina, la soppesa, la esamina.

– È questa. Non c'è dubbio.

È una carabina ad aria compressa, completa di cannocchiale per il puntamento. Sul fianco del serbatoio è inciso un numero di matricola e la marca: «FEINWERBAU made in Brd». In Germania, per intenderci.

Ancora una volta il maledetto talpone ha avuto ragione.

«... Magari costa un patrimonio e magari è dotata di cannocchiale per il puntamento. Magari viene dalla Germania...»

Il talpone aveva visto giusto. Troppo per essere una semplice coincidenza. O frutto di solo ragionamento.

Sarti ripone la carabina nel suo posto, cerca una poltrona, si siede, spegne la torcia e resta a pensare. Non sa come agire.

Qualcuno, nascosto nel buio della ex stalla, gli chiede: – Sei convinto?

Sarti Antonio sussulta, poi riconosce la voce di Rosas e lo cerca con il faro della torcia. Costui è entrato in silenzio, mentre Sarti Antonio era intento all'esame della carabina, per la stessa strada già aperta da Sarti Antonio. Adesso lo guarda, appoggiato allo stipite della porta, e aspetta una risposta alla domanda.

– Sono convinto. E adesso che faccio? Dovrò discuterne con Raimondi Cesare. Si vedrà. È un colpo grosso.

– Giusto: disposizioni dall'alto. Nel frattempo il Degennaro potrà togliersi di torno con tutta calma e trovare un comodo rifugio altrove. Come fanno tutti di questi tempi. Ha cominciato Felice Riva, siamo passati attraverso il signor Lefebvre per finire al camerata Saccucci.

– Dovrò parlarne con Raimondi, no? Il Degennaro

è suo intimo amico. Si frequentano... Sa perfino che Raimondi Cesare ha un gatto.

Rosas non commenta. Dovrebbe essere troppo pesante e ha già colpito l'altra sera per insistere ancora sul povero, scassato Sarti Antonio, sergente. Tutti hanno un limite di rottura.

Rosas viene verso il centro della vasta sala e siede a fianco di Sarti. Poi continua: – Parlane, parlane pure con comodo. Piú che giusto.

– Come immaginare? Colpa tua. Colpa tua. Non potevi parlare prima?

– Ma se è un secolo che vado predicandoti di cercare fuori dal Pilastro. Ma tu duro, come un chiodo: «Al Pilastro, al Pilastro. Delinquenti, ladri, puttane... Mi hanno bruciato l'ottoecinquanta».

– Vuoi fare il furbo a ogni costo? Sai benissimo a cosa alludo quando dico che potevi parlarmene prima. Fai il misterioso, butti là due frasi senza senso apparente e poi uno deve pensarci su una settimana per capirne il significato. Se solo tu fossi una persona normale.

«Se tu fossi una persona normale».

Continuare la polemica non serve a nessuno. Sarti Antonio lascia perdere. Spegne il faro della torcia e dalle numerose finestre entra la pallida luce della luna e la calma dei campi. Il solo rumore che rompe il silenzio è quello che fa il liquore che Rosas versa in un bicchiere.

– Dovevo arrivarci prima. Forse hai ragione: sono io l'anormale. Dovevo arrivarci prima. È tutto cosí semplice, cosí chiaro.

– Il piccolo Claudio, un mattino, non si presenta in fabbrica ai compagni di lavoro perché ha intenzione di mettere in ordine la Maserati-Citroën del Degennaro. Va direttamente all'autorimessa della ditta senza passare dal magazzino. Mette semplicemente il grembiule ma gli altri operai non lo vedono perché il piccolo, che non era vincolato da orari di lavoro, arriva dopo che gli operai avevano preso servizio. Va in autorimessa e si mette all'opera. Nel togliere le pedanine dal pianale trova una piccola vite, probabilmente uscita dalla sede nel pannello del vano cervello elettronico. Claudio conosceva bene quel tipo di vettura per averci lavorato in officina. Sa dove esattamente manca la vite e si accinge a rimetterla al proprio posto. Mentre sta per farlo, si accorge che il pannello è montato male, che è stato rimosso di recente o chissà che diavolo, fatto è che toglie completamente il pannello e scopre il cofanetto nascosto all'interno del vano cervello elettronico. È un ragazzo sveglio e ci mette poco a capire di cosa si tratta. Ecco perché le sue impronte si trovano sia sul giornale che sul cofanetto. Asporta il cofanetto, rimonta il pannello, dimenticandosi, per la troppa fretta di andarsene, la piccola vite nella tasca del grembiule dove l'aveva messa in attesa di rimontarla. Quella sera stessa corre a cercarmi. Il caso vuole che non mi trovi. Proprio mentre Claudio cerca il sottoscritto, il commendator Degennaro sta telefonando al Corticelli Clodo per indicargli il luogo dove depositare i trecento milioni del riscatto. Quel mattino aveva nascosto il cofanetto nel vano della sua vettura in attesa di poterlo restituire, magari quella notte stessa: non poteva certo supporre che il cofanetto non ci fosse piú. Il Degennaro va a ritirare il riscatto e quando fa per restituire le monete antiche, si accorge che qualcuno le ha asportate. Collega immediatamente l'auto lavata quel mattino stesso da Claudio con la sparizione del cofanetto. Allora che fa il porco? Prima di tutto telefona al Corticelli Clodo per dirgli che non è in grado di restituire la merce per un piccolo inconveniente tecnico, poi corre a casa del piccolo Claudio. Il povero ragazzo è sempre solo. Gli chiede la restituzione del cofanetto, senza minacciarlo perché non vuole che il piccolo si spaventi, e gli promette anche dei soldi in cambio. Duecentomila lire. Il piccolo accetta perché non è tanto il cofanetto che gli interessa, quanto raccontare a me chi lo aveva rubato. E poi le duecentomila lire gli sembrano tante. E che altro avrebbe potuto fare? Ma il piccolo Claudio non ha in casa il cofanetto: lo ha nascosto per non correre rischi o per non mostrarlo alla madre. Il Degennaro quindi si trova nella impossibilità di recuperare il materiale e non può uccidere il piccolo prima che costui gli restituisca le monete. «Tu vai a prendere il cofanetto, io le duecentomila lire e ci si trova fra mezz'ora ai bordi del campo per lo scambio». Il Degennaro torna alla villa, prende i soldi, prende la carabina ad aria compressa che non fa rumore, è precisa, mortale, e arriva all'appuntamento prima che vi giunga Claudio. Ha tempo per centrare le lampade della strada nella quale passerà poi il piccolo per rincasare, tranne una. Incontra Claudio: duecentomila contro il cofanetto. Affare fatto. Mentre il piccolo rincasa, quando è sotto il lampione bene in vista, il Degennaro nascosto nell'ombra...

È costretto a troncare di colpo il suo discorso perché, improvvisamente, l'ex stalla si illumina a giorno. Per alcuni istanti nessuno riesce a distinguere attorno. Possono solamente intendere una voce che dice, gentile: – Se i signori si muovono, sarò costretto a ucciderli.

Arrivato chissà da dove, il solito segretario tuttofare del Degennaro, Giacchetta Bianca per intenderci, sta piantato in mezzo alla sala con la doppietta in mano. La stessa doppietta che il suo padrone usa per il tiro al piattello. Non ha l'aria di voler scherzare.

Appena si riprende, Sarti Antonio fa per alzarsi allo scopo di chiarire la situazione.

LA SOLUZIONE ARRIVA ALL'IMPROVVISO 231

– Un momento: io sono Sarti Antonio, della Questura, e sono venuto per...

Giacchetta Bianca non lo fa finire.

– Resti pure seduto, prego. So benissimo chi sono lor signori, ma purtroppo, nell'oscurità, li ho scambiati per ladruncoli, ho dovuto difendermi e sono stato costretto, mio malgrado, a sparare e, purtroppo, a ucciderli entrambi.

Parla come si muove: in punta di forchetta; anche se si tratta di accoppare due gentiluomini come Sarti Antonio e Rosas. Non fa una piega, non muove un baffo. Ha i suoi bei capelli al pettine, la sua giacchetta attillata e pare piú pronto a servire una famosa birra tedesca ghiacciata che a fare secchi Sarti e Rosas.

Sarti Antonio ha capito perfettamente e non gli resta che lasciarsi ricadere sulla poltrona con un sospiro.

– Cristo.

Il Giacchetta Bianca si avvicina piuttosto deciso e io comincio a essere preoccupato. Come accidenti potrò continuare il mio mestiere se mi ammazzano il Sarti Antonio? E poi mi ci sono affezionato a questo Cristo, se devo dire la verità.

A Rosas pare che la cosa non interessi molto. Continua a sorseggiare il liquore come se davanti a lui ci fosse un tipo con in mano un vassoio di pasticcini anziché una doppietta carica, pronta a far fuoco.

Giacchetta Bianca Giorgio ha ancora qualcosa da comunicare ai condannati a morte.

– Dopo che i signori saranno morti per questo deprecabile incidente, per questo equivoco imperdonabile... D'altra parte quando mai un poliziotto che si rispetti entra di notte, come un ladro, in casa d'altri? Dopo che i signori saranno morti per questo deprecabile inconveniente, il signor Degennaro potrà tranquillamente godersi i trecento milioni del riscatto delle monete antiche.

Rosas si mette a ridere forte. Tanto forte che non si capisce bene se è diventato matto davanti al pericolo o se si sta effettivamente divertendo. Appena riesce, fra una risata e l'altra, cerca di comunicare con Sarti Antonio: – Oh, Dio santo... Come si può essere tanto sciocchi da pensare che... Adesso ci sono! Sarti Antonio, che tonto sei stato. E che tonto sono stato io –. Per calmarsi riempie un altro bicchiere di liquore e dice: – Non si nega un sorso a un condannato a morte, no?

Giacchetta Bianca Giorgio sorride. Pare si siano intesi perfettamente. Dice costui: – Beva tranquillo, signore: abbiamo tutto il tempo che vogliamo. Non c'è nessuno alla villa. Il signor commendatore è andato a trovare la sua gentile signora al mare. Faccia pure con comodo –. Gli punta l'arma proprio in mezzo alla fronte e continua: – E complimenti vivissimi. Il signore ha centrato in pieno il problema.

Rosas beve d'un fiato e riempie ancora il bicchiere. Versa un po' di liquore sul tavolo. Dice: – Scusa, dovrai pulire dopo che saremo morti.

– Niente di grave. Ci sono abituato. E sarà l'ultima cosa che dovrò fare. Come lei ha giustamente capito.

Sarti Antonio non ha il piacere di comprendere quel dialogo: guarda ora Giacchetta Bianca ora Rosas, occhi spalancati, e si chiede come si possa bere in punto di morte. Rosas si rende conto della situazione e si rivolge a Giacchetta Bianca per chiedere: – Posso illuminare il buon Sarti, visto che di tempo ne abbiamo? Non possiamo farlo morire nella sua assurda convinzione.

– Sarò felice di ascoltare anch'io, signore.

Giorgio non abbassa le canne dell'arma neppure durante il dialogo seguente fra Rosas e Sarti Antonio:

– E tu potevi credere che il commendator Degennaro, con le sue industrie, le sue fabbriche, le sue ville, avesse bisogno di trecento miseri milioni?

Sarti Antonio è allibito. Ha capito tutto anche lui.
– Vuoi dire che... che non è stato il Degennaro, ma... ma questo bel tipo di segretario tuttofare in giacchetta bianca?

Rosas annuisce. Ha ancora in mano il bicchiere pieno e non decide di vuotare l'ultimo sorso della sua vita mortale. Sorride, l'incosciente. Sorride e dice: – Sai come l'ho capito? Quando ha detto che il Degennaro potrà godersi i suoi trecento milioni del riscatto. Chi ha mai detto che i milioni del riscatto fossero trecento? La stampa non è mai stata avvertita. E ti pare che Degennaro abbia bisogno di trecento milioni per ritirarsi a vita privata e per godersi la vita? E poi chi porta l'auto? Lui, no?

Sarti Antonio ha perduto la parola. Guarda il Giorgio con occhi spalancati. Adesso è veramente finita. Giacchetta Bianca sposta la direzione delle canne dalla fronte di Rosas alla fronte di Sarti Antonio e dice: – È stato un piacere per me, signori...

Non ha altro da aggiungere: alza il fucile, lo punta per bene, con la calma necessaria. Sarti Antonio chiude gli occhi, suda e aspetta. Aspetta il botto. Non ha paura.

È venuto il momento di salutarlo. Che dirgli? Che è stato un piacere restare assieme a lui per tanto tempo. Non è molto felice l'espressione. Allora che altro?

Buon viaggio. Per dove?

Passa per la mente del mio buon Sarti Antonio, sergente, il desiderio di un ultimo caffè. Il desiderio di un condannato a morte, in attesa del colpo finale.

Ma prima che Giorgio «Giacchetta Bianca» abbia il tempo di premere il grilletto, il bicchiere di liquore che Rosas teneva stretto in mano senza decidersi a vuotarlo lo colpisce sulla tempia sinistra. In pieno.

Il colpo d'arma parte contemporaneamente, ma il proiettile va a piantarsi nel legno del coperto anziché nella fronte di Sarti Antonio, sergente.

Rosas urla: – Via, via! Prima che abbia il tempo di rimettersi! Questo fa sul serio! Fuori!

Sarti Antonio, sergente, non se lo fa ripetere due volte e, dal momento che Giacchetta Bianca Giorgio non ha abbandonato la doppietta nella caduta, vola letteralmente dalla porta e si trova in piena campagna. Rosas, piú ordinato e calmo di lui, si attarda a spegnere la luce e a chiudere la porta.

Economo, il giovane. Economo e ordinato.

– Al cancello. Possibile che tu non ti porti mai dietro uno straccio di rivoltella? Che razza di questurino.

Sarti Antonio non ha tempo per ribattere. Ne riparlerà magari piú tardi e risponderà a Rosas per le rime: se lui è un questurino da poco, Rosas è un cervello di gallina. Come ha potuto lasciarsi ingannare in quel modo dalle apparenze. Passi la cappella di Sarti, ma Rosas, un cervello come il suo.

Altri due colpi di fucile arrivano a rimbalzare sui ferri del cancello nel momento stesso in cui Rosas e Sarti Antonio toccano terra dall'altra parte, fuori dal parco.

Rosas salta sulla bicicletta e urla: – Monta.

Sarti Antonio si guarda attorno alla ricerca di qualcosa su cui montare. Non la trova e chiede: – Monto dove, Cristo?

– Sulla bicicletta, per Dio. Sul tubo. Sbrigati.

Non è il momento di fare i difficili e mettersi a discutere che, secondo la legge, piú di una persona non può cavalcare una bicicletta.

Non è proprio il momento anche perché i passi di Giacchetta Bianca sulla ghiaia del viale arrivano già all'orecchio del Sarti Antonio e di Rosas.

La bicicletta, con il suo doppio carico, acquista rapidamente velocità lungo la discesa e i nuovi colpi di doppietta finiscono con il lacerare solamente l'aria di quella notte d'estate.

Sarti Antonio, sergente, comincia a diventare pallido: – Adesso puoi rallentare. Siamo fuori tiro. Rallenta.

Rosas non lo ascolta.

A Sarti Antonio viene un dubbio. Chiede con la voce strozzata e mentre il vento della velocità gli entra in bocca, negli occhi: – Non dirmi che questo catorcio non ha i freni. Non dirmelo.

Rosas non gli risponde. Poi: – Se devo essere sincero, non lo so. La bicicletta non è mia e non mi è mai capitato di dover frenare. Sai cosa c'è?

– Cosa c'è? Ma cerca di fare in fretta o ci fermeremo contro un muro.

– C'è che non mi decido a frenare. Se poi scopro che i freni non funzionano come la mettiamo?

La discesa continua ripida e scorrevole.

Non ce la faccio a restare dietro ai due e li lascio andare.

Le loro sagome scure vengono inghiottite dalla notte e dall'asfalto. Svaniscono nel buio.

Mi dispiacerebbe perdere Sarti Antonio, sergente, in maniera cosí banale.

Proprio adesso che è appena riuscito a evitare un paio di fucilate in testa.

Proprio adesso che è riuscito a venir fuori da un caso piuttosto complicato.

Indice

p. v   L'autore ai lettori

Passato, presente e chissà

3   1. La Storia è maestra di vita
5   2. La mostra numismatica piú famosa del mondo
20   3. Contro il potere la ragion non vale!
38   4. Una questione di coscienza
48   5. Non manca piú niente
66   6. Qualche novità, ma è un altro caso da archivio
83   7. Tutto normale
89   8. Sarti Antonio e le decisioni eroiche
98   9. Una vacanza che poi non è una vacanza
112   10. Sarti Antonio, sergente, ci riprova...
122   11. ... ma con risultati sempre piú scarsi
131   12. Un attentato non guasta mai
143   13. Oh, benissimo! Qualcosa si risolve
157   14. Lasci perdere, sergente, è meglio per tutti
167   15. Daccapo!
182   16. Paradiso provvisorio
190   17. Occupazioni abusive e altro
198   18. La maledizione delle tre monetine colpisce ancora
207   19. Quando Rosas diventa insopportabile
216   20. Mai piú da Rosas: chi fa da sé fa per tre
222   21. La soluzione arriva all'improvviso

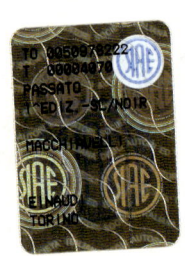

Stampato per conto della Casa editrice Einaudi
Presso Mondadori Printing S.p.a., Stabilimento N.S.M., Cles (Trento)
nel mese di gennaio 2007

C.L. 17797

Edizione							Anno			
1	2	3	4	5	6		2007	2008	2009	2010